U0916974

MY SISTER LIVES ON THE MANTELPIECE

我的姐姐住在壁炉上

[英] 安娜贝尔·皮彻 / 著　刘勇军 / 译

江苏凤凰文艺出版社
JIANGSU PHOENIX LITERATURE AND ART PUBLISHING, LTD

第一章

我的姐姐罗丝住在壁炉上。呃，应该是说她身体的一部分在上面吧。因为她的三根手指、右肘和膝盖骨埋在伦敦的墓地里。警察找到她身体的十块碎片时，爸妈还大吵了一架。妈妈想把她葬在一个可以去探望的坟地里，而爸爸则想把骨灰撒入大海。这是贾丝明告诉我的。她记得的比我多。意外发生的时候，我才五岁，贾丝明十岁。她和罗丝曾是双胞胎。按照妈妈的说法，她们现在仍然是双胞胎，她好几年没让贾丝明改变发型了，这么多年，她都是穿相同款式的衣服。她看起来永远都是十岁，扎着辫子，留着浓密的刘海，穿着漂亮的派对礼服。我想起来了，这就是为什么71天前，妈妈要跟互助小组上的那个男人私奔。那天是贾丝明15岁生日，她把头发剪了，染成了粉红色，还穿了鼻环。她看起来一点儿也不像罗丝了，这让妈妈完全接受不了。那天妈妈便走了，自此，我再也没有听到过她的消息。

爸妈每人分得了五块罗丝的骸骨。妈妈将她的那部分放在一个别致的白色棺材里，还在同样别致的墓碑上刻了“我的天使”

四个大字。爸爸则将一块锁骨、两根肋骨、一点头骨和一根脚趾火化了，把骨灰放在一个水晶骨灰盒里。妈妈说她没法去墓地看望罗丝，那样会令她悲痛欲绝。每逢罗丝的忌日，爸爸就想把骨灰撒入大海，可每次到了最后关头，他都会改变主意。每回他想把罗丝的骨灰倒入海中，总会发生什么事儿。有一年，我们在德文郡的海边，一大群银鱼蜂拥而至，像是等不及要将我姐姐吃掉似的。还有一年在康沃尔，爸爸正准备打开骨灰盒，结果一只海鸥在上面拉了一坨屎。这事儿只得不了了之。

为了摆脱所有伤心的事儿，我们搬离了伦敦。一开始我也满怀希望。湖区跟伦敦大不一样。那里的山很高，几乎能捅到上帝的屁股，全是绿油油的一片，按照爸爸的说法，那里几乎没有穆斯林。农舍跟我们在芬斯伯里公园的公寓全然不同。这里的农舍是白色的，而不是棕色的，房子很大，看着一点儿也不小，有些陈旧，并不是新的。如果把农舍比作人，这里的房子就是那种疯老太太，笑起来连牙齿都没有了；而伦敦的公寓则是一个一本正经的士兵，跟其他穿戴整齐的士兵挤成一排。

我很高兴摆脱伦敦的公寓。我以前的房间很小，罗丝的房间倒是很大，因为爸妈不想碰她的东西，所以这些年来，她的房间还是一成不变。其实，我的房间不能称为房间，更像是一个有窗户的橱柜，一张小床挤在黑暗的角落里。我想，要是罗丝没有离世，她的房间变得不那么神圣，妈妈准会让我跟她住在同一个房间里。每次我问妈妈我能不能搬进去，我总会得到一个这样的答案：罗丝的房间是神圣的，詹姆斯。别进去，詹姆斯，那里是神圣的。我没觉得几堆旧娃娃，一床臭烘烘的粉红色羽绒被和一个独眼泰迪熊有什么神圣的。每次在其他人熟睡的时候，我都会在罗丝的床上跳上跳下，她的房间跟神圣可挨不上边儿。

可是，我刚进入农舍，就发现事情压根儿就没有变化。乡村到处都是崎岖不平的，一点儿也不平整，空气中弥漫着清新的气味，没有受到污染，那里的绵羊比人要多，但爸爸一如往常，他最先做了什么？自然是打开骨灰盒。实际上，他先是用口水和袖子的末端把骨灰盒擦得锃亮。然后把姐姐放在壁炉上，那个壁炉是奶油色的，上面布满了灰尘，跟在伦敦公寓里的那个壁炉别无二致，他还小声说，欢迎来到你的新家，宝贝。

贾丝明选了一间在她看来最好的房间，也是最大的，角落里有个旧壁炉，还有一个内嵌式衣橱，她把那些黑色的新衣服都放在里面。我更喜欢我的房间。房间里的窗户可以俯瞰后花园，那里有棵苹果树，风吹过会嘎吱作响，一个水池，里面有一条橘黄色的鱼，窗台十分宽敞，我在上面放了一个靠垫。在这里的头一晚，我在窗台上坐到凌晨三点，看天上的星星，我在伦敦从没看过这玩意儿，建筑物和汽车灯灯光让人们什么也没法儿看清楚。这里的星星却十分明亮，我能看好几个小时，这是爸爸答应过的全新的生活，我也想开开心心的，却做不到。第二天早上，我发现垃圾桶里有个空伏特加酒瓶，便知道湖区的生活跟伦敦的生活并无一丁点区别。

三个星期过去了，除了骨灰盒，爸爸只拿出了旧相簿和他的一些衣服。搬家公司的人搬了床和沙发等一些大物件，余下的事情都交给我和贾丝明了。只有上面写着“神圣”字样的箱子没有打开。我们把这些东西放进地下室，盖上塑料袋保持干燥，免得闹水灾什么的。我们关上地下室的门后，贾丝明的眼睛湿湿的，满是污垢。她问我心情不会糟糕吗，我说不会，她说为什么呀，我说因为罗丝已经死了。然后她叹了口气，那一瞬间，她看起来就像妈妈，让我很是伤心。别说“死”那样的字眼，她小声说。

我不明白为什么不能说。死。死。死死死。妈妈总将“过世”这样的字眼挂在嘴边，我觉得这个字更好，爸爸总是说“去了更好的地方”，我觉得这样的表达方式挺傻的。他不相信上帝，也从不去教堂，所以我不明白他为什么说这样的话。除非他所说的更好的地方并不是天堂，而是棺材或水晶骨灰盒。

伦敦的辅导员说我内心拒绝接受现实，还没有从打击中恢复。她说总有一天你会恍然大悟，到时候就会哭了。很显然，自从五年前的9月16日意外发生后，我的心情一直没有平复。爸爸和妈妈送我去那个胖女人那儿可是花了好几百镑，因为他们觉得我没为罗丝哭泣的行为很奇怪。我很想问他们是否会为一个完全不记得的人哭泣，但我咬着嘴唇，忍着没有说出口。

这档子事儿似乎没人能弄明白。我不记得罗丝了。一天，我的家庭作业是要描述一个特殊的人，我花了15分钟写了整整一页关于韦恩·鲁尼的事儿。妈妈却逼着我撕掉了，让我重新写罗丝。我妈妈坐在我对面，脸涨得通红，一字一句地教我写，可我压根儿就写不出来。她泪眼婆娑，微笑着对我说，你出生的时候，罗丝指着你的小鸡鸡说，那是不是一条虫子，我说我才不会把这玩意儿写在英文作业里。

妈妈的笑容消失了，眼泪从她的鼻子上滴到下巴上，我感到很难过，所以我只得把这些写下来。几天后，老师在课堂上读了我的作文，我得到一颗金色的星星作为奖励，却被同学们嘲笑，小虫鸡鸡，他们都这么叫我。

第二章

明天是我的生日，再等一个星期，我就要去新学校布雷思韦特教堂小学念书了。那里离我的农舍大概有三英里，所以爸爸得开车送我去。这里跟伦敦不一样。如果爸爸喝醉酒了，这里没有巴士也没有火车，就没法出门。贾丝明说如果爸爸没法送我，她可以陪我走路去，她的高中比我的学校还要远一英里。她说至少这样可以减肥，我说，女孩子眼里只有减肥这档子事儿。贾丝明不需要减肥，但她吃得跟老鼠一样少，成天盯着食品包装台后面的卡路里。今天，她做了个蛋糕给我当生日礼物，但她说这是健康食品，用的是人造奶油，没有黄油，几乎不含糖，所以味道尝起来可能怪怪的。不过卖相倒是挺好的。我们留着明天吃，到时候由我来切蛋糕，因为是我的大日子。

也不知道妈妈是不是记得这天。这是她离开后我过的第一个生日。有时候，我醒来的时候，我会忘记她已经离家出走了，等我想起来后，心又沉了下去，那感觉就像踩空了，或者被路边的石头绊倒了。

贾丝明在她的生日派对上迟到了一个小时，我就知道事情不对劲儿了。我们都在场。妈妈和爸爸坐在桌子的同一边，却看着不同的方向，我在另一边，盯着小圆面包、腊肠卷，肚子咕噜噜直响。妈妈戴着一顶派对帽，但她那双眼睛看起来泪汪汪的，活像马戏团伤心的小丑的眼睛。贾丝明的生日总是叫人伤心，因为那天也是罗丝的生日。桌子上有五个塑料盘，我很生气，因为我知道爸爸会在其中一个盘子里盛上派对的食物，放到壁炉上，给我死去的姐姐吃，这简直就是浪费嘛。

不过，事情倒没有怎样折腾。就在我的肚子差点把我活吞了的时候，前门开了。你迟到了，爸爸说，但他随即倒抽了一口凉气。贾丝明笑起来有一丝紧张，她鼻子上的钻石饰钉闪闪发光，粉红色的头发比泡泡糖的颜色还要深。我回之以微笑，这时却听到“嘭”的一声爆炸了，爸爸大声叫着，吓了我一大跳。妈妈哭了，我将腊肠卷塞进嘴里，抓了几个小圆面包，藏在T恤下面。然后又吃了几把薯片、三根香肠、一个三明治，外加六个腊肠卷，最后才被打发出去，派对的食物被扔进了垃圾桶。你把派对给毁了，爸爸冲我大声喊道，我踮着脚尖来到贾丝明的房间，告诉她说东西不是给我拿的。我把外衣下藏着的一个小圆面包给了她。虽然那玩意儿挤坏了，但她还是吃了，我说我喜欢你的头发，结果她哭起来了。女生真奇怪。

我今天看了邮箱，里面除了一张“咖喱屋”的菜单外什么都没有，我把菜单藏了起来，免得爸爸不高兴。没有生日礼物，没有贺卡。不过明天才是我的生日。我们离开伦敦前，我买了一张“我们要搬家了”的卡片寄给妈妈。我只是在里面写下了农舍的地址和我的名字，别的不知道还要写什么。她住在那个男人位于汉普斯特德的家中。那人叫奈杰尔，我在伦敦中心的纪念场见过。那家伙长着乱蓬蓬的胡子，鹰钩鼻，抽着烟斗。他是写书的，书的内容也是介绍一些写书的人，我觉得这么做没有任何意义。他的妻子也是在9月16日的意外中丧生的。也许妈妈会嫁给他。也许他们会生个小孩，取名叫罗丝，然后他们就会把我、贾丝明还有奈杰尔的妻子统统忘了。我不知道他有没有找到他妻子的骸骨碎片。也许他的壁炉上也放着一个骨灰盒，在他们周年纪念日的时候，他说不定还会买花放在骨灰盒旁边。妈妈准会讨厌这样的举动。

罗杰进入我的房间，晚上，它喜欢蜷缩在窗台的垫子上睡觉，因为那里挨着暖气片，真的挺暖和的。它可以在这里到处转悠，花园里有很多动物可以追逐。到这里的第三个早晨，我发现门阶上有个死了的小东西，灰色的。我想应该是只老鼠吧。我不敢用手捡，于是，我拿来一张纸，用一根木棍把它推到纸上，然后扔进垃圾桶里。但我感觉这样做太残忍了，于是，我又把老鼠从垃圾桶里拿了出来，埋在树篱下，用草盖上，因为我不想把东西埋在地底下。罗杰喵喵地叫个不停，像是在说它忙活了老半天，我却做出这样的举动。我告诉它，死了的东西让我感到恶心，它用橘黄色的身体蹭了蹭我的右小腿，像是它明白我说的一样。没错，尸体让我感到害怕。看电影的时候我什么都敢看，不过，要是里面有尸体，我就会把电视关掉。这样说是有些过分，但是我很庆幸罗斯被找到的时候成了碎片。如果她真的必须死的话，我宁愿她变成碎片，变得一点儿也不像我的姐姐。要是她埋在地底下，变成冷冰冰、硬邦邦的尸体，看起来跟照片里的女孩一模一样，那就太糟糕了。

我想我们一家人以前也是幸福的。照片上的人都在开怀大笑，眼睛也都是笑眯眯的，像是有人讲了一个非常好玩的笑话，大伙笑起来的时候脸都皱成了一团。说不定笑话就是贾丝明讲的。她心情不错的时候真的很风趣。在伦敦的时候，爸爸老是盯着这些照片。我们有好几百张，都是9月16日之前拍的，原先都满满当当地堆在五个不同的盒子里。罗丝死后四年，他决定把那些照片按时间顺序清理好，年代最久远的照片放在最下面，最新的放在上面。他买了十个漂亮的相册，都是皮革封面的，上面还有金色的字，在接下来的好几个月里，他晚上跟谁都不说话，只知道不停地喝酒喝酒喝酒，把照片粘在适当的位置。只是，每次他的酒喝得越多，就越会把照片贴得歪歪斜斜的。结果，到了第二天，他只得将半数照片重新粘贴。说不定妈妈就是那个时候有了外遇。这个词儿我是听东伦敦的人说的，从没想到爸爸有一天也会大声叫嚷着这个词儿。真是太让人震惊了。妈妈每个星期都会去两次互助会，后来发展到一个星期去三回，再后来她想什么时候去就什么时候去，我早该猜得出来，但我压根儿就没想过她会对我撒谎，欺骗爸爸。打死我也没想到会发生这档子事儿。

贾丝明的粉红色头发是最后一根稻草。在那次聚会后，妈妈承认了所有的事情。我和贾丝明在她的房间里听着。其实也没有那么难。他们在尖叫。贾丝明的眼睛都快哭出来了，但我没有哭，因为我从来不哭。不过我的心感觉像青蛙一样，冷冰冰的，“怦怦”跳个不停。他们吵了好几个小时，我很高兴又可以吃一个小圆面包。我和贾丝明一起吃的，每人就咬了两口而已，不过，吃东西对心情还挺有帮助的。

爸爸一遍又一遍地重复着“外遇”这样的字眼，像是他说的次数够多的话，这个词就会被完全理解。妈妈说，你不理解，爸爸说，我想奈杰尔会理解，妈妈回答说，那也比你强，因为你只会成天盯着老照片，从来不对我和孩子们说话。然后一切都安静下来，接下来我只听到妈妈走过门厅，打开贾丝明的门。我以为她会疯狂地大喊大叫，但她很冷静，只是说我要走了，对不起，我实在受不了了。她将好些东西放在行李包里，然后往前门走去。爸爸变得歇斯底里，求她留下来，但妈妈说让开。他又求了几次，答应不去理会那些照片了。他说我失去了罗丝，不想再失去你，但妈妈还是走到了大街上。爸爸大声喊着，我们需要你，妈妈也大声喊，我更需要奈杰尔，然后便离开了，爸爸用拳头猛锤墙面，把手指弄骨折了，在接下来的四个星期零三天的时间里，他一直绑着绷带。

第三章

邮件还没有到。现在是10点13分，我已经正式迈入两位数的年纪了，确切地说是10岁零197分钟了。一秒钟前，我听见门口有动静，不过是送牛奶的。在伦敦，我们有自己的牛奶。不过，我们经常会没有牛奶喝，因为超市距离我们家有15分钟的车距，爸爸不愿意去拐角处的那个商店，因为那是穆斯林开的。我只得吃干麦片，妈妈每次没法喝奶茶的时候都会抱怨。

到目前为止，我还没收到过多好的礼物。爸爸曾经送给我一双小一码半的足球鞋。我现在就穿着那双鞋，脚趾头感觉像是困在捕鼠器里。我第一次穿上这双鞋的时候爸爸笑了好久。我没有跟他说，我需要一双更大的鞋，因为他已经把收据单弄丢了，所以我只能假装鞋子很合脚。反正我永远也没办法加入足球队，所以我穿上这双鞋的机会并不多。在伦敦的学校，我每年都想努力加入球队，可一次都没选上。有一次，守门员病了，杰克逊老师问我能不能守门。我叫爸爸前去看球了，他揉着我的头，像是觉得很骄傲似的。结果，球队尽吞13个蛋，不过，只有6个是我的错。比赛开始的时候爸爸并没有出现，我当时还很生气，但在比赛结束的时候，我总算松了口气。

罗丝给我买了一本书。跟往常一样，我进入客厅的时候，她的礼物就放在骨灰盒旁。我看到那本书时，总有股想笑的冲动，总想着骨灰盒会生出腿、胳膊和脑袋，走到商店买一份礼物。爸爸一本正经地看着我，所以，我只是撕开包装纸，意识到那本书我已经看过后，我尽量掩饰着脸上失望的表情。我看了不少书。在伦敦的时候，我在午餐时间经常去学校图书馆。图书管理员说，比起人，书是更好的朋友。我觉得这话不对。卢克·布兰斯顿就做了我四天的朋友，因为狄龙·赛克斯把他阿森纳的尺子弄断了，他们大吵了一架。他跟我坐在餐厅里，我们一起在操场上玩“顶级王牌”的游戏，在整整一个星期的时间里，几乎没人叫我“小虫鸡鸡”的绰号。

我等会儿打算跟贾丝明去公园踢足球。她也叫爸爸去，但他只是嘟囔几声，便坐在了沙发上。她说来看杰米穿着新足球靴踢球，但爸爸还是打开了电视机。他看起来宿醉未醒，果然，我随后在垃圾桶里找到了一个空伏特加酒瓶。贾丝明小声对我说我们不需要他来，然后大声说咱们去踢球吧，像是踢球才是世界上最快活的事儿了，想着让我过一个特殊的生日，她这点真好。

贾丝明问我是否准备好了。我扯着嗓子喊差不多了，但其实我压根儿就没离开过窗台。我想等邮件送过来，一般是在十点到十一点之间。我觉得妈妈不会忘记。家人过生日这档子事好比老师不小心在白板上写的字，永不褪色的墨水深深地烙在了我的脑海中。但是，也许妈妈现在跟奈杰尔生活后情况完全不同了。也许奈杰尔也有自己的子女，妈妈只会记得他们的生日。

就算妈妈不寄给我礼物，奶奶一准儿也会给我寄礼物的。奶奶住在苏格兰，爸爸的老家也在那里，尽管她已经81岁高龄了，但她什么都不会忘记。我希望能经常看望她，因为爸爸谁都不怕，就怕她一个人，我想她是唯一能让爸爸戒酒的人了。爸爸从来不带我们去看她，奶奶年纪大了，没办法开车，所以，她不能来看我们。我觉得我特别像奶奶。她有着一头姜黄色的头发，脸上长着雀斑，我的头发也是姜黄色的，也长着雀斑，奶奶跟我一样，是个强硬的人。在罗丝的葬礼上，她是整个教堂除我之外没哭的人。

不过这是贾丝明告诉我的。

公园离我们家有一英里，我们几乎是跑着去的，我看得出来，贾丝明是想借此消耗卡路里。有时候，平日里看电视的时候，她会在空中蹬腿，如果我们去购物或者做别的什么，她宁愿走楼梯也不愿坐电梯。她穿着一件黑色的长大衣，头发是亮粉色的，看起来有些滑稽。她飞快地跑过一群绵羊时，那些家伙吓呆了，全都咩咩地叫起来。我仍在不停寻找邮差的身影，因为现在差不多11点了，我们离开农舍的时候他还没来。

我们到达公园时，有三个女生在荡秋千，我们走进去时，她们全都盯着我看，眼神像长满刺的荨麻，我在大门前停下来，脸变得通红。但贾丝明压根儿就没有理会。她径直跑过去，爬到一个秋千上，穿着黑色靴子的脚踩在秋千座上。几个女孩看她的样子，像是把她当成了怪胎，但贾丝明的秋千荡得又高又快，冲天空微笑着，像是世界上没有任何东西能吓到她。

贾丝明擅长的是音乐，所以我轻而易举地打败了她。比分是7比2。我最满意的一球是左脚凌空抽射入网。贾丝明觉得我今年能加入球队，因为我的靴子有魔法，因为这双鞋会让我跟鲁尼一样厉害。我的脚趾头痒痒的，像是球鞋里有魔法一样，有那么一瞬间，我觉得贾丝明说得对，后来我才意识到是因为血液循环不畅，我的脚都发紫了。贾丝明说你的靴子太小了。我说，不是，鞋相当合脚。

回家的路上，我感到兴奋极了。贾丝明一路喋喋不休，说什么还要在身上打更多的洞，不过我一心想着屋前门厅的垫子。我仿佛看到上面放着一个包裹。包裹鼓鼓囊囊的，闪亮的包装纸上还贴着一张足球形状的卡片。奈杰尔不会在上面签名，但妈妈会在里面写一些祝福的话。

可是，我一打开前门就知道情况不对。门很容易就推开了。我起初没有低头看，却想说服自己，妈妈的礼物没那么大，所以不会堵在门口。我记得老话常说：好礼物的包装纸都很小。我觉得妈妈可能会送我很小的礼物。但不知何故，我唯一想到的小东西就是罗杰的死老鼠了，不由得感到一阵恶心，所以我赶紧不再想了。

我看着垫子，还真有一张卡片，我认得信封上奶奶潦草的字迹。尽管我看得出来，卡片下什么也没有，但我仍然用脚趾头轻轻地碰了碰，万一妈妈送我的礼物非常小呢，比如说曼联的徽章或者橡皮擦什么的。

有一次，我看到一只狗跑到车来车往的马路上，我的肩膀立马耸了起来，眉毛皱成一团，等着狗被车撞，这就是现在贾丝明观察我检查垫子时的表情。像是我马上会受伤，她却没办法阻止我。我不希望她这样看着我，于是，我撕开奶奶的卡片，一张20美元的纸钞掉落在地毯上，我开心地大笑起来。她说，想想你能用这笔钱买多少好东西，我很感激她没有问我问题，因为我的喉咙里像是被一个地球那么大的东西堵住了。

这时，我们听见客厅里传来了啤酒罐打开的声音，贾丝明咳嗽了一声，像是在掩盖爸爸在我的生日当天还喝得酩酊大醉的事实。她说咱们去吃蛋糕吧，然后把我拉进了厨房。家里没有蜡烛，所以莫莉拿了两根线香插在海绵蛋糕上。我紧闭着眼睛，许了个愿，希望妈妈的礼物能尽快到。我希望能收到世界上最大的包裹，包裹大到能把邮差的后背给压伤了。然后我睁开眼睛，看到贾丝明正微笑着看着我。我感到有点自私，就又加了一个愿望，希望贾丝明能穿上肚脐环，然后我深吸了一口气。厨房里烟雾弥漫，因为没办法吹熄线香，所以我的愿望怕是没办法实现了。

我尽可能小心翼翼地切着蛋糕，因为我可不想把蛋糕弄坏了。蛋糕的味道像约克郡布丁，因为糖不够。我说蛋糕相当不错，贾丝明哈哈大笑，因为她知道我在撒谎。她只是切了一小块，然后大声喊爸爸，你也要来点儿吗？但没有得到回应。然后她说你感觉老了吗，我说没有，因为压根儿就没发生什么事儿。尽管我现在已经到了两位数的年纪了，我仍然觉得跟九岁时的样子没什么区别，跟伦敦时的状态一样。爸爸还是老样子。贾丝明也是。唯一享受全新生活的只有那只猫。

贾丝明问我想不想去看《蜘蛛人》，这时候我才真正笑了。这部电影是我有史以来最喜欢看的，我们坐在贾丝明卧室的地板上，把窗帘严严实实地拉下来，尽管是大中午，我们还是裹着羽绒被看起了电影。罗杰蜷缩在我的大腿上。它是我的猫，因为现在由我照顾它。它以前是罗丝的。她以前老求爸妈送她一只宠物，她七岁那年，妈妈同意了。她将猫放在一个上面系了蝴蝶结的纸箱里，罗丝一打开礼物，喜极而泣。这件事儿妈妈告诉我不下百次了。我不知道她是忘了已经说过了，还是喜欢说这个故事，所以，尽管很无聊，我还是会咬着嘴唇，让她说完。我也希望妈妈能在我生日的时候送我一只动物。蜘蛛最好，因为那玩意儿可能咬我，到时候我就能像蜘蛛侠一样拥有超能力了。

我看完电影，往楼下走去，蛋糕差不多都消灭光了，盘子里只剩下最后一口了，但并不是我切好的那种三角形，而是被弄得一团糟。我走进客厅，发现爸爸正在沙发上打鼾，他的双下巴上满是蛋糕碎屑。地板上有三个空啤酒罐，一个伏特加酒瓶靠在沙发垫上。他肯定是喝高了，都不知道蛋糕的味道咋样了。我正想回到楼上，却突然瞥见了壁炉上的姐姐。骨灰盒旁边有一小块蛋糕，不知何故，我很生气。跟着，我朝罗丝走过去，尽管我知道她已经死了，不管谁说了什么她都听不见，我小声说，今天是我生日，不是你的，然后把蛋糕塞进我嘴里。

那是我迄今为止收到过最好的礼物，虽然晚了两天。这天早上，10点19分的时候，我在后院看水池里的金鱼，尽量不去听邮差是不是来了。吃早饭的时候，我再次告诉自己，礼物不会来了。但我一听到车道上传来脚步声，便会跑向里面。门垫上有一封信。却不是妈妈寄来的。但是，接下来传来了敲门声，我飞快打开门，邮差吓了一跳。他说有詹姆斯·马修斯的包裹，我想说话来着，却什么也没说出口。我接过包裹，双手颤抖着，邮差用平平无奇的语气说在这儿签名，他哪里知道有大事发生。我龙飞凤舞地签上了我的名字，感觉像韦恩·鲁尼一样。邮差转身离去了，我松了一口气。

我把礼物拿到楼上，不过等了十分钟也没打开。我一遍又一遍地看着牛皮纸上的字，想象着妈妈在奈杰尔的屋子写下我名字的情形。突然间，我一秒钟也不想等了，撕开包装纸，将那玩意儿揉成一个小球，扔在地毯上。里面是一个普普通通的盒子，不过看不出里面是什么东西。以前爸爸跟我说过，罗丝喜欢盒子，她用它们做宇宙飞船、城堡和隧道。他说她小时候，比起那些礼物，她更喜欢包装盒。

我不是罗丝，所以，我晃荡着盒子，有什么东西乒里乓啷地在纸板箱里晃动着，我松了一口气，随即打开盒子。我的心就像你在乡下看到车头灯突然照到的野兔，起初因为害怕一下子僵在那里，动也不动，然后突然醒悟过来，一蹦老高，拔腿就跑。盒子里面是红色和蓝色的布料，我把它倒在床上，脸上绽放着笑容，犹如棕榈树扯着的吊床，笑着咧开的嘴都扯到两边耳朵。布料如丝般柔滑，上面缝着一个大大的蜘蛛侠图案，看起来有些骇人。我把蜘蛛侠的T恤从头上套进去，看着镜中的自己。杰米·马修斯消失了，眼前站着一位超级英雄——蜘蛛侠。

要是我穿上新T恤，公园里的女孩还会笑话我，我可不会再满脸通红，难为情地站在门口。我会追上贾丝明，跳到秋千上，说不定还会单脚稳稳地立在秋千座上。我比任何人都会荡得高，荡得快，到时候我再飞身一跃，跳下来，那些女孩估摸着会大喊一声哇哦。然后我就会“哈哈哈哈”地大笑，兴许还会骂几句脏话。我不会站在十米开外的地方，像个懦夫一样瑟瑟发抖。

卡片上有一个穿着阿森纳球服的足球运动员，妈妈觉得可能是曼联的球衣，因为他们的球衣都是红色的。卡片上写着这样的字：送给我那个十岁生日的大男孩，祝你度过美好的一天，爱你的妈妈。下面还画了三个唇印。我最开心的还是看到卡片底下的附言，上面说：我希望能很快亲眼看到你穿上这件T恤！

我不时看着卡片，那句话在我脑海里萦绕，活像一只老是追逐自己尾巴的小狗。我坐在靠窗房里的软垫上，罗杰发出咕噜咕噜的声音，像是它也知道今天是个好日子。星星闪耀着，也比以前更明亮了，看起来像是有几百根蜡烛点缀在黑色的生日蛋糕上，即便我能吹灭它们，我也不想许下任何别的愿望，因为今天太完美了。

我不知道妈妈是否已经订了火车票。也许奈杰尔有车，他会借给她的，虽然我觉得她不会沿着高速公路开过来。她向来没什么信心，即便是跟在慢吞吞的货车后面，她也不会变换车道。但是，她准会来这儿的，因为她想在我上学之前见见我，跟我说好运，叫我乖乖的，反正都是当妈的说的一些事情。她肯定会看到我穿新T恤的样子。以防万一，在她来这里之前我没打算脱下来。我睡觉都会穿着，因为超级英雄要随时待命，她可能是因为火车晚点了，或者塞车没能及时赶到。或许不是今晚，不是明天，甚至不是后天，但是妈妈说很快会来，她肯定不会骗人的，我可得在她来之前准备好。

第四章

我的老师居然叫我坐在学校唯一的巴基斯坦人旁边。她说她叫桑娅，见我没有落座，她还一直盯着我。法玛尔老师的眼睛没有一丝色彩，比灰色还要浅，看起来就像没有信号，一片模糊的电视屏幕。她的下巴上长着一颗痣，中间还有两根卷毛，拔下来并不难。也许她压根儿就不知道那里长了两根毛。说不定她喜欢呢。有问题吗？法玛尔老师问，班里所有的孩子都转身看着我。我想大声说，穆斯林极端分子杀了我姐姐，但说完这句话似乎也没法接着说，你好，我是杰米，或者见到你真高兴。于是，我只是在课桌最边上坐了下来，尽量不去看桑娅。

要是被爸爸知道，他准会发疯的。他说，离开伦敦最大的好处就是远离穆斯林。可芬斯伯里公园有几千个这样的人。女人穿着戴头巾的长衣服，活像准备去参加万圣节的女鬼。公寓那头的路上还有一个清真寺，我们见过他们全去那里祈祷。爸爸说湖区没有一个外国人，都是些不问世事的英国人。

我们的新学校很小，看起来就像是迪士尼卡通片里出来的。

四周群山、树木环抱，前门有一条小溪潺潺流过。要是你在操场上，像是能听见水“咕咚咕咚”流进出水口的声音。我在伦敦的学校位于一条主路上，听到的，看到的，闻到的都只能是来来往往的车辆。

我拿出铅笔盒后，法玛尔老师说，欢迎到我们学校来，然后大家都开始鼓掌。她问我，你叫什么名字，我说我叫杰米，她问我，从哪儿来的，大家都小声说我是从垃圾国来的，不过我回答说伦敦，法玛尔老师说要不是路途太远，她也想开车去伦敦看看。听到这话，我腹部突然一紧，因为感觉妈妈突然好遥远。然后她叫我们说些身边有趣的事儿，我却一个字都想不出来。然后，她问，你有多少兄弟姐妹，我甚至也答不上来，因为我不知道罗丝算不算。所有人都咯咯地笑起来，法玛尔老师说，同学们，安静，然后她又问，这样，你养宠物了吗？我说，我有一只叫罗杰的猫。法玛尔太太微笑着说，老鼠叫罗杰[①]这名挺好听的。

第一次上课，老师就叫我们写了一篇两页纸的作文，名字叫《快乐的暑假》，老师叫我们特别注意短句，每句的首字母要大写。这个容易，不过要想写出什么快乐的事儿那就难了。今年暑假，快乐的两件事无非是跟贾丝明一起看《蜘蛛侠》的电影，以及收到妈妈的礼物。于是，我把这两件事情写了下来，可

① 老师将猫的发音“cat”听成了老鼠“rat”。——译者注

是，尽管我把字写得很大，满打满算也只有一页。然后我坐在那里，盯着作文本，希望能写点儿有关冰淇淋、码头，或者海里游泳的事儿。

最后五分钟，法玛尔老师一边喝茶，一边看着手表说，每个人都必须写两页，有的同学甚至能写三页。一名男生抬头看了看。法玛尔老师冲他眨了眨眼，男孩喜形于色。然后他身子前倾，鼻子几乎碰到了桌面，写得飞快，好几千个单词从他笔下刷刷地写了出来，描述他那美好的假期。

只剩下三分钟了。法玛尔老师说。我的笔却卡在了第二页的最上面，留下了一个大大的墨水印，因为我已经七分钟没动笔了。

瞎写呗。这话说得特别小声，起初我还以为听错了。然后我望着桑娅，她的眼睛里闪着明亮的光，宛如阳光底下的水洼一样忽闪忽闪的。那双眼睛是深棕色的，几近黑色。她头上罩着一块白布，几乎将所有的头发都遮得严严实实的，只有一根头发垂在脸颊上，那根头发又黑又直，闪闪发亮，像一根细细的甘草。她是个左撇子，写字的手腕上戴着六个手镯。瞎写呗。她又说了一遍，然后面带微笑。她的牙齿在棕色皮肤的映衬下显得格外白。

我不知道怎么办才好。穆斯林极端分子杀了我姐姐，可是我又不希望上学的第一天就惹麻烦。我翻了翻白眼，像是觉得桑娅的建议完全是胡扯，这时，法玛尔老师喊了声，只剩下两分钟了。我飞快地写起来，一通瞎编，说我去了海滩，在海里游泳，在潮水潭里找到了螃蟹。我描述说，海鸥想要妈妈的炸鱼和薯条，她笑得合不拢嘴，爸爸给我建了个世界上最大的沙滩城堡。我说那个城堡很大，我一家人都能待在里面，这段有点儿太扯了，于是我划掉了。我说贾丝明把皮肤晒伤了，不过罗丝把皮肤晒成了古铜色。写到这里的时候，我停顿了千分之一秒，因为虽然其他的部分都是瞎掰的，关于罗丝的部分却是最大的谎言。不过，这时，法玛尔老师大声喊道，只剩下60秒了，我下笔如飞，自己还没搞清楚状况，就写了一大段有关罗丝的事儿。

这时，法玛尔老师喊了声，时间到了。她问谁想跟大伙分享假期的经历，桑娅高举着手，她的手镯发出叮呤当啷的声音，犹如商店门口的铃铛做出的动静。法玛尔老师指了指她，然后又指了指那个得意扬扬的男生，以及另外两个女生，虽然我没举手，但她最后还是指向了我。我想说不了，谢谢，但这些话卡在了我的喉咙里。我一动没动，她又没好气地说上来呀，詹姆斯，我只好站起来，走到全班同学的面前。我的鞋子感觉比以往更沉了，有人指着我那件蜘蛛侠T恤上的污渍。可可米会让牛奶变成巧克力色，喝着是很好，但要是洒出来那就一团糟了。

那个得意扬扬的男生先读，那家伙一读起来就没完没了，法玛尔老师问你写了多少页，丹尼尔，丹尼尔说写了三页半，有那么一瞬间，我以为他的眼睛要掉出来了，整张脸那叫一个得意。

然后，一个叫亚历山德拉和另一个叫梅齐的女孩分别描述了她们的假期，说的内容无非是派对啦，新养的狗崽啦，还有她们去巴黎的行程啦。然后就轮到桑娅了。

她清了清嗓子，眼睛眯成了两道闪光的缝。本应该是个不错的假期，她说。然后她夸张地顿了顿，四下看了看。外面，一辆卡车隆隆驶过。晚上的酒店看起来很漂亮，位于一个美丽的森林里，方圆数里外有别的房子，真是一个理想的休憩场所，妈妈说。可她大错特错。丹尼尔翻了翻白眼，鼻子哼了哼。头一晚，我没有睡觉，因为碰上了暴风雨。我听见什么东西“啪嗒啪嗒”地敲打着窗户，一开始我还以为是树枝被风吹得簌簌作响。但风停了后，仍然能听见动静，于是，我从床上爬了起来，拉开窗帘。桑娅突然扯着嗓子喊起来，法玛尔老师差点儿从椅子上跌落。接下来，桑娅语速极快，说不是树枝，而是一只死人的手在敲打玻璃，然后，一张脸突然出现了，连牙齿都没有，头发乱蓬蓬的，说让我进去，小女孩。于是我……

法玛尔老师一只手放在胸口，站了起来。跟以前一样，很有意思，非常感谢。桑娅看起来有些生气，但老师没再让她读完。然后轮到我了。我尽可能读得很快，读到罗丝那段时几乎是在喃喃自语，因为我告诉所有人她在海滩上玩得很开心，实际上是待在壁炉的骨灰盒里，这让我觉得很愧疚。你姐姐多大了，法玛尔老师问道。15了，我回答说。噢，她们是双胞胎吗，她说，好像这是世上最美妙的事情一样，我点点头，她说真好。我的脸唰地一下红了，颜色就跟粉红色的荧光笔一样。桑娅一直盯着我，像是想弄明白哪一段是我瞎掰的，这让我不由得紧张起来，我也盯着她。不过，她并没有觉得尴尬，脸上反而挂着灿烂的笑容，眨了眨眼睛，像是我们分享了一个大秘密。

很好，法玛尔老师说，你离天堂又近了一步。丹尼尔的脸上像是乐开了花，但我觉得这也太蠢了。尽管我们的作文写得还可以，但我觉得还没有到达惊世骇俗的地步。不过，直到法玛尔老师往她的课桌上倾身过去，我才第一次看清教室的布置。墙壁上有15朵蓬松的云朵呈对角线排列。右上角用金色的纸板裁剪出“天堂”的字样。左下角有30个天使，每个天使都长着一对白色的翅膀。天使的右边翅膀上写着班上某个同学的名字。要不是天使的头被大头针钉在墙上，它们看上去还是相当神圣的。法玛尔老师用一只胖嘟嘟的手将我的天使移到第一朵云上面。然后又将另外两个女同学的天使移到同样的云上，不过，丹尼尔的天使跳过第一朵云，直接移到了第二朵云上面。

午餐时，我想要交个朋友，便在操场上闲逛，想找个人聊聊，但只有桑娅一个人站在那里。班里的其他人都一块儿待在草地上。女生用雏菊编手环，男生则在踢球。我也很想跟他们一起踢，但又不敢问能不能加入他们。最后，我只是在附近躺了下来，假装晒太阳，希望能有个男生过来。我闭上眼睛，听着溪水潺潺流过，男生哈哈大笑，球挨得太近时，女生会尖叫。

我想肯定是一朵云遮住了太阳，因为我突然就被阴影遮住了。我抬头看了看，却看见两只扑闪扑闪的眼睛，深棕色的皮肤，还有一丝在微风中飘动的头发，我说走开，桑娅却说好酷啊，然后一屁股坐在我旁边，咧嘴笑起来。我问她你想干什么，她说跟你聊聊蜘蛛侠呗，然后张开她那格外粉嫩的手掌，掌心里有一枚用蓝丁胶做的戒指。

我也是一个人。她低声说这话的时候四下看了看，确保没人在听。我不想理她，但被她弄糊涂了，说你到底什么意思，然后故意打了个哈欠，让她觉得我压根儿就不在乎答案。这不是明摆着的事儿吗，她说着指了指包裹在头和肩膀上的头巾。我立马坐了起来，我的嘴一定是张得老大，因为一只苍蝇落在了我的舌头上。我咳嗽几声，把苍蝇吐了出来，桑娅大声笑起来。我们都一样，她说，我冲她喊道，我们才不一样呢，这时，丹尼尔从人群那头望过来。拿着，她将一枚戒指递给我说。我跪在地上，连连后退，一个劲儿地摇头。这显然是穆斯林的某种传统，不过，据我在学校所了解的有关斋月的情况，从来没听说过接受或赠予蓝丁胶戒指的事儿。不了，谢谢，我说，我知道即便我在跟一个穆斯林讲话，妈妈也会为我礼貌的举动感到自豪。桑娅晃动着右手中指，上面套着一枚细长的蓝丁胶戒指，一枚棕色的小石子像钻石一样镶嵌在上面。她说除非你也戴一枚，否则魔法是不会灵验的。我说我姐姐被炸弹炸死了，然后赶紧起身，撒腿就跑。

幸好食堂里那个胖胖的女人吹响了口哨，该进教室了，于是我飞快跑向教室。我坐在椅子上，脑袋里的神经直撞头骨，我得喝杯饮料才行，手上的汗印在课桌上留下了几道痕迹。草地上的那班人走了进来，走廊里响起了笑声。每个人的手腕上都戴着雏菊做的手环，连男生也不例外。虽然看起来傻傻的，但我也希望能戴上一个用花儿做的手环。桑娅是最后进来的，在我面前晃荡着手指，让我看到那枚蓝丁胶戒指。

我们做了几道数学题，后来还上了地理课，不过，我一次也没往桑娅那边瞧，我能感觉她盯着我的后脑勺。我感到很困惑，很不安，像是背叛了爸爸，因为桑娅觉得我是个穆斯林。尽管我的皮肤是白色的，说话带着英国腔，但我觉得炸死别人的姐姐就是不对，我肯定做了什么事儿，才让桑娅觉得我想要她的穆斯林戒指。

老师说把课桌收拾好，我便将地理书放进新抽屉里。课桌上写着詹姆斯·马修斯的字样，名字旁边还画着一个苹果。我希望是香蕉，因为这玩意儿跟蜘蛛一样，会给人超能力。我打开抽屉，在英语课本下面看到一个白色和黄色的小东西。我抬头看了看，发现丹尼尔正盯着我。他点点头，指了指，像是要我在抽屉里找找。于是，我把英语课本拿到一旁，我的心脏就像玩偶盒中的小人一样冷不丁从胸口跳了出来。是一个雏菊手环。我再次抬头看了看，丹尼尔竖起大拇指，我也用同样的手势回应他。突然间，我有点迫不及待地想回家把今天我在学校发生的事儿告诉贾丝明了。我的指尖颤抖着，害怕把花弄坏，我深吸了一口气，才去摸那些花。桑娅出现在我旁边，用奇特的表情仔细看着手环，起初，我以为她是妒忌。但我拿起雏菊，意识到那根本不是什么手环，而是一堆碎花瓣。我知道桑娅之前不是妒忌，而是生气。她用那双明亮的眼睛怒视着丹尼尔，眼里闪烁着如同碎玻璃一样的光芒。

丹尼尔拍了拍一个叫莱恩的男生的肩膀，小声在他耳边说着什么。他们咧嘴冲我笑着，竖起大拇指，然后得意地笑着，走出教室，我的心脏像是弹簧上的愚蠢的小丑，我好想把它按回到胸腔里，余生都藏在里面。

戒指会保护你的，桑娅小声说，我吓得一蹦老高，突然意识到教室里就剩下我们两个了。这就是戒指的魔法。我说我不需要保护，桑娅哈哈大笑。即便是蜘蛛人，有时也需要一点点保护，她面带微笑。阳光从窗户倾泻进来，在桑娅的头巾上跳跃着，有那么千分之一秒的时间，我想到了世界上最纯洁的东西，天使、光环、耶稣、白冰。但随后爸爸的脸出现在我的脑海里，将这些想法统统赶走了。我能看到他眯缝着眼睛，用薄薄的嘴唇说，穆斯林像疾病一样入侵了这个国家。

我往后退了一步，跟着又是一步，结果撞在一张椅子上，因为我的眼睛一直盯着桑娅的脸。我朝门边走去，说你难道不明白吗，我说。我不明白，她没有再出声，我害怕谈话就这样结束了。我叹了口气，就像我是这个世界上最无聊的人，我转过身去，像是要离开。然后她说那好，你真应该明白，我们都一样，我答道可我不是穆斯林。桑娅笑起来，她的笑声就跟她手腕上手镯发出的铃铛一样清脆。她说，的确，你可是超级英雄，我的头猛地甩向后面。眼珠子从弹珠的形状变成了台球。她用棕色的手指指着垂在头发和后背的头巾说，蜘蛛侠，我是穆女郎。然后，她朝我走过来，碰了碰我的手，我还没来得及抽开，她便走了。我的嘴变得干涸，眼睛瞪得老大，我目送桑娅沿走廊而去，这是我第一次发现她垂在身体上的头巾像极了超级英雄的披风。

第五章

意外发生在五年前的今天，9月16日那天，电视台轮番播放。那天是星期五，因为要上课，我们没去海边，但我觉得我们第二天会去。爸爸什么也没说，但我看见他在网上查圣比斯海滩的信息，那里离我们最近，他抚摸骨灰盒的时间比以往更久了，像是在跟它道别。

这次他很有可能还是做不到，所以，我还没打算跟罗丝道别。要是爸爸真将罗丝的骨灰撒入大海，我会跟她告别的。两年前，他让我摸着骨灰盒，叫我小声说着临别的话，我感觉挺傻的，因为我知道罗丝听不见我说话。第二天，她出现在了壁炉上，我感觉更傻了，我的道别毫无意义。

贾丝明今天没去学校，因为她太难过了，我觉得她想确保爸爸没做什么傻事。她问我是不是也想请假，我说不了，她说你确定吗？我说我们星期五上陶艺课，这是我最喜欢的课程了。

在开会的时候，老师叫我们向9月16日所有受难者的家人祈祷，我感觉我的头好像被聚光灯照着。在伦敦，我就特别讨厌9月

16日那天，因为学校所有人都知道发生什么意外了，他们总是说你肯定很想念罗丝，或者说，我打赌你肯定很想念罗丝，我不得不说是的，然后伤心地点点头。但这里的同学什么也不知道，所以我用不着假装，我觉得这样挺好的。

大家做了祷告说完阿门后，我抬起头。有那么千分之一秒的时间，我还以为这事儿就算完了，然后我看见两只闪着光芒的眼睛。桑娅盘腿而坐，下巴放在左手上，她咬着小手指，盯着我的方向。我突然记得我说过我姐姐是被炸弹炸死的，从桑娅看着我的方式我能感觉到，她也记得这事儿。

自从我发现她是超级英雄后，我再也没跟她说过话。我想问她关于穆女郎的事儿，每次张开嘴，就会想起爸爸，我的嘴唇就会合上，把话咽回去。如果他知道我想跟穆斯林说话，准会把我扔出去，到时候我可就真的走投无路了，因为妈妈现在跟奈杰尔一起生活。离她送我礼物已经过去三个星期了，可她还没来看我。蜘蛛侠的T恤也变得脏兮兮的，但我没有脱下来，因为这样做意味着我放弃希望了。总之，妈妈在伦敦脱不开身肯定不是她的错。是安德鲁的问题，那人是一家律师事务所的老板，我从没见过那么刻薄的家伙，要我说简直就是《蜘蛛侠》中的绿魔。有一次，他不让妈妈去参加一个朋友的婚礼，因为有临时通知，还有一次，他不让妈妈去参加贝斯特太太的葬礼。妈妈说不去参加葬礼也行，因为贝斯特太太是个爱管闲事的老太婆，但她从耐斯特买了一条黑裙子，因为罗杰把收据吃了，她没办法退货了。

电视上曾播过一个纪录片，有人谈论她在9月16日失去侄子的事儿，他们还没说几个字眼泪就夺眶而出。新闻记者老是打电话给我爸妈，但他们从来不接受采访。如果有人想拍我，问我问题，我一点儿也不会介意，可是，有关那天的事儿，除了一声巨响和此起彼伏的哭声外，我什么也不记得了。

我认为爸爸因为这件事责怪妈妈，妈妈也怪罪于爸爸，所以他们互相憎恨，两人甚至没交谈过。我当时也没觉得有什么奇怪的，直到我去了卢克·布兰斯顿的家，我们不是做了四天的朋友吗，他的父母牵着手，有说有笑。妈妈和爸爸每次都只是说些正儿八经的事儿，比如说，把盐递给我，或者问，你喂罗杰了吗？或者说，把你那该死的鞋子脱下来，我已经清理过地毯了。

意外发生的时候，我们在特拉法加广场，去那里是妈妈的主意，爸爸想去公园野炊，但妈妈想去市里。爸爸喜欢乡村，因为他是在苏格兰高地长大的。他搬去伦敦，只是因为当年认识了妈妈，而妈妈觉得只有在大都市生活才有意义，每次都会想到她坐在伦敦广告牌的“L”上的情形。贾丝明告诉我，那天天气很好，阳光明媚，但有些寒意，人们呼吸时会呼出烟一样的白雾。我在地上扔了一些面包屑，鸽子一窝蜂飞过来想要吃，我不由得哈哈大笑。贾丝明和罗斯从鸟群中跑过去，受到惊吓的鸟儿振翅高飞，爸爸大笑，妈妈说，你们两个女孩子，别闹了。爸爸说她们又不会惹什么祸，但贾丝明跑回到妈妈那里，因为她不愿惹麻烦。事实上，罗丝可没那么老实，她很坏的，根据贾丝明的说法，她在学校很顽皮，可现在却没人记得了，因为她已经死了，一切都变得完美了。贾丝明拉着妈妈的手，但罗丝在那儿原地转圈，头往后仰，鸟儿围着她身边飞翔，然后只听到"嘭"的一声，她被炸成了碎片。

贾丝明说整个世界都变得黑暗，烟雾弥漫，她的耳朵也变得怪怪的，因为爆炸声实在太大了。但是，尽管她的耳膜被震破了，她仍然能听见妈妈大声尖叫着：罗丝、罗丝、罗丝。

他们当时并不知道怎么回事，但后来得知伦敦有15个垃圾桶被放置了定时炸弹，设置在9月16日这天同时爆炸。尽管最后三个炸弹没有响，只有12个炸弹爆炸了，却也要了62个人的命。罗丝是受难者中最小的一个。没人知道是谁做的，但一群穆斯林极端组织在网上声称他们为此事负责，还说他们是以真主的名义做的，在穆斯林的语言里，真主就是上帝的意思，这个词跟我七岁半那年想做魔术师时念的咒语"Voila"很像。

电视节目把这起意外事故拍得像电影一样，他们重现了9月16日爆炸事故的现场，但罗丝不在里面，因为没有得到爸妈的允许。但看看城里其他爆炸发生的过程也挺有意思的。有个受害者本不应该出现在伦敦，因为他订的是从国王十字车站到曼彻斯特皮卡迪利的票，结果那班车因为信号问题被取消了。他没有等下一班车，而是决定到处逛逛，便去了科芬园。他饿坏了，所以买了个三明治，或者说，他要是不买三明治，或者，他吃的时候要么慢两秒钟，要么快两秒钟，他可能就不会恰好在爆炸的那个点将包三明治的纸扔垃圾桶了。这让我意识到一件事。要是妈妈没让我们去特拉法加广场，或者爸爸不让她去追鸽子，那么罗丝到现在仍然活着，我们一家人也会幸福地生活在一起。

这种想法让我感觉怪怪的，所以我换了频道。但现在除了广告，似乎什么都没有。这时，贾丝明低垂着肩膀进来了，说爸爸睡了，她的语气很轻松，我感觉很糟糕，因为我一点儿也帮不上她的忙。我先前只是尽量把电视机开到最大音量，这样就不用听到厕所里传来恶心的呕吐声了。贾丝明说他明天就会好了。我问她想玩猜广告的游戏吗，这个游戏是我发明的，就在电视节目介绍所售的产品前猜出来到底是什么。她点点头，但这时屏幕上出现的那则广告我们从未见过，所以压根儿就没办法玩儿。画面上出现了一座大剧场，有个人说，这是英国最大的选秀节目，能让你美梦成真，拨打这个号码，你的命运将改变。我觉得这节目不错，便拿起电话，想预订一个不一样的人生，就跟订比萨什么的一样。我想订一个不喝酒的爸爸和一个从未离开我的妈妈，不过，我可没打算换掉贾丝明。

你明天可不能穿这个，贾丝明朝我的T恤努了努嘴说。我们去撒罗丝的骨灰，爸爸想让我们穿黑色的衣服。我大声喊了一句可可米，因为家乐氏的广告刚好出现在了电视上。

从伦敦来到这里后，我肯定长个头了，因为所有的衣服都小了。我穿着黑色的裤子，将一件黑色的上衣套在蜘蛛侠T恤上面，但衣领周围仍能看到红色和蓝色的布料。贾丝明见到我时，翻了翻白眼，但爸爸没有注意到。我们吃早餐的时候，他只是盯着放在厨房桌子上的骨灰盒。那玩意儿像一个很大的盐罐，但我觉得薯片沾上罗丝味道不咋地。

我们去圣比斯海滩要两个小时，一路上我们听着罗丝周年忌日时必听的录音带。那首音乐播了又停，反反复复。播放、停止、倒带、播放、停止、倒带。磁带发出沙哑的声音，因为被过度使用很多次了，但仍能听得清妈妈弹奏钢琴和我的两个姐姐吟唱的《翼下之风》，我有没有告诉你？你是我的英雄，我一心想成为你这样的人。我可以比鹰飞得更高。因为你是我翅膀下的风。这是罗丝去世的三个月前，她们为爸爸录的生日礼物。爸爸说这首歌让他想起了他生命中最快乐的日子。“翼下之风”这样的说法却让我觉得像是仙女放了个屁。

爸爸不停唠叨罗丝的事儿，说她有着天使的声音，所以上帝才这么早把她带走。可是，但凡有耳朵的人都听得出来，贾丝明的歌唱得更好。我们还在车上时我就告诉她了。这不难。我俩挤在车后座的时候我小声告诉她的。罗丝坐在前面，爸爸甚至给骨灰盒系上了安全带，却忘了吩咐我系上。

我们下了高速公路，朝一座山丘下走去，大海突然跃入眼帘，犹如一条闪亮的蓝线，像是有人用亮色的笔和尺子画出来似的。随着我们越驶越近，那条线也变得越来越粗，爸爸的安全带准是系得太紧了，因为他把胸前的带子拉开，这样才能顺畅地呼吸。我们将车停好后，他的脖子变得通红。爸爸扯了扯领子，一枚纽扣弹了出来，正好打在方向盘中间。我大声喊了一句：正中靶心，可是谁也没有笑。爸爸用手指敲打着仪表板，听起来像马的嘚嘚声。

贾丝明打开车门的时候，我不由得想，也不知道沙滩上有没有驴。爸爸跳了起来。他走向售票机，塞了几枚硬币进去。我也马上下了车，因为我喜欢按下按钮，让票从槽口里出来。我还喜欢从自动提款机里拿出钱，我以前老觉得里面有个穿时髦衣服的女郎，将纸币从洞里塞出来，直到妈妈说这一切都是电子化的。票出来了，爸爸将骨灰盒抱在胸前，站在车旁。

我们踩过鹅卵石，往海边走去，我发现五颗漂亮的水漂石，就是那种扁平的石子，漂过水面是会弹起来的。有一次贾丝明教我玩过。我想拾起扁石，打水漂，但又害怕惹爸爸生气。他被海藻绊了一下，骨灰盒差点儿掉在海滩上，要是这样可就坏了。罗丝的骨灰跟沙粒一样细，到时候肯定混起来了。我本不知道骨灰

眨眼，下巴绷得紧紧的。他捧着骨灰的手颤抖着。手看起来很干，跟老人的手无异。他将骨灰盒倾斜，倒出一点骨灰，随即又将骨灰盒竖了起来。接下来，他再次将骨灰盒倾斜，这次倾斜的角度更大了。罐口差不多碰到了手掌。一些灰色的颗粒从水晶盒里倒了出来。他很快又将骨灰盒摆正，用力地呼吸着。我盯着他手里的骨灰，心想也不知道这是罗丝的哪个部位。头骨、脚趾，还是肋骨。哪个部位都有可能。爸爸用大拇指轻轻地抚摸着，嘀咕着一些我听不清的话。

爸爸手里握着骨灰，攥得紧紧的，指关节变得发白。他抬头看着天空，然后又低头看着海滩，然后转身看着我，随后目光又落到贾丝明身上，似乎像是希望有人大声喊不要，可是谁也没这么做。我以为他要张开手掌，让骨灰随风飘远，但是他把骨灰盒交到了贾丝明手上，朝前走了一步。海水在他的鞋子旁打着旋涡。我感觉脸颊红红的。爸爸看起来有点神经。就连贾丝明也尴尬地咳嗽着。这时，一个波浪打在他的小腿上，浸湿了他的牛仔裤。他朝前走了一步，咸咸的海水在他的膝盖旁边卷起泡沫。他慢慢将胳膊举向空中，伸出握紧的拳头。我们身后的某个地方，一个女孩兴高采烈地看着飞翔的风筝。

爸爸正要张开手，突然一阵大风吹过来，将风筝从天上刮了下来，骨灰撒在了爸爸的脸上。爸爸打了个喷嚏，把罗丝的骨灰喷了出去。女孩尖叫着，一名带着浓重口音的亚洲男子大声叫着快掉下来了，爸爸的头猛地转向海滩。我顺着他的目光，看见一只棕色的手抓住了风筝的线。

爸爸大声咒骂着，说了一些有关穆斯林的话。他摇摇头，擦了擦鼻子，脖子和脸都变成了红色。风筝落在地上，那个穆斯林人大笑。他一只手搂着女孩，看起来应该是他的女儿，女孩儿也咯咯地笑起来。爸爸“啪嗒啪嗒”地走过海岸，一把将骨灰盒从贾丝明手里夺了过去。尽管贾丝明打开了盖子，但他还是重重地按了下去，愠怒地盯着那个男人，像是刚才吹起的那股风全赖他。

你没事儿吧，贾丝明弱弱地问道。爸爸的眼里噙满泪水，让我想起了你感染了病毒，或是得了花粉病，或是没有吃够胡萝卜的时候，药剂师给你滴眼药水时的情形。你要是……我是说，我可以的，如果你愿意，我可以撒……

可是还没等贾丝明说完，爸爸已经转过身去。他一言不发，左手紧紧地拿着骨灰盒，往车旁走去。我迅速拾起一枚石子，往海里扔去。那枚石子在海里弹了五下，创下了我的最高纪录。

第六章

星期一早上，法玛尔老师坐在椅子上念公告。是园艺社、竖笛社和校足球队的选人事项。听到她说校长星期三下午三点会在学校的操场上通过跑步来选人，把你们的足球鞋带来时，我的耳朵不由得竖了起来。然后她还登记了名字。所有人都回答说，好的，老师，但丹尼尔说的却是，好的，法玛尔老师。我很吃惊她居然没有行屈膝礼。丹尼尔的天使已经在第五朵云上了。桑娅的天使在第四朵云上面，大多数人都在第三朵上。除了乔丹的，只有我的是在第一朵云上。乔丹的一只耳朵上戴着耳环，剃着光头，经常不来上学。

你们周末都干了什么，法玛尔老师问，所有人都立马七嘴八舌地说开了，但我没有出声。一个个回答，法玛尔老师说，然后指着我的方向。杰米先来。你做了什么有趣的事儿，她用哄婴儿般的声音问道。我想起了大海、骨灰以及罗丝被放到壁炉上后，爸爸在她旁边点燃的蜡烛。我说，我可以去上厕所吗？我的周末很难解释。法玛尔老师摇摇头。现在才刚上课，她回答道。没答应也没拒绝，我不知道该怎么做。我的半个身子站了起来，然后又坐下去。法玛尔老师摇摇头。告诉大家你周末都干了什么吧，她厉声问道，像是我故意找茬似的，于是，我张开嘴，可是一句话也没说出来。

这时，一阵金属的撞击声突然响起，桑娅的手高高举起，像是要扬起一阵风。拜托，法玛尔老师，我能跟大家分享我的周末吗？桑娅还没等老师回答，便说我遇见了杰米的姐姐。我的下巴惊得都快掉到课桌上了。哦，那对双胞胎吗，坐在椅子上的法玛尔身子往前倾了倾回答道。桑娅点点头。她们真的很好，她说。两个都很好。法玛尔用那双一点儿颜色也没有的眼睛看着我说，我忘记她们叫什么名字了。我清了清嗓子。贾丝明，我说，然后犹豫着。还有罗丝，桑娅补充道。我们全都去了海滩，吃了冰淇淋，捡了贝壳，发现了美人鱼，她们还教我们怎么在水底下呼吸呢。法玛尔老师眨了眨眼睛说真好，然后便开始上课了。

你就喜欢胡说八道，丹尼尔在下课的时候对我说，大家哈哈大笑。我像往常一样，一个人坐在操场上，盯着球鞋，像是这才是世界上最好玩的事情。你的女朋友也喜欢胡说八道。所有人再次哄堂大笑。听声音像是有好几百人，我都不敢转身。最后，为了找点事儿做，我解开了鞋带。我觉得你就是个神经病，他继续说，还说什么找美人鱼，成天穿一件脏得要命的衣服。我想打个蝴蝶结，但我手指颤抖着。我的牙齿咬进膝盖骨里，疼痛的感觉还不错。

我喜欢他的T恤，突然有人大声喊道，我的心脏骤然停止了跳动。桑娅上气不接下气地说出这句话，像是跑了好几英里来救我似的。想到这里，我既感到开心，又有点儿生气。你就是个娘娘腔，丹尼尔喊道，其他人都附和道，没错，他就是个十足的娘炮。丹尼尔等到大家都安静下来，宁愿叫一个女孩来为你出头，却不敢像男人一样面对我。这话听起来可真够傻的，要不是担心他会踢我的头，我准会大声笑出来。桑娅鼻子一哼，说，丹尼尔，男人才不会戴雏菊手环呢。人群倒抽了一口气，哇地叫了起来。丹尼尔一时不知道该怎么回答才好，我四下看了看。桑娅双手叉腰，头巾在风中飘扬。活脱儿穆女郎的模样。

随便你，最后丹尼尔叹了一口气，试图装作无聊的样子，但他的脸如同他的头发一样灰白，他知道自己输了，也知道我看出来了，便恶狠狠地朝我这边看了一眼，让我不寒而栗。别理这两个怪胎了。他离开的时候，莱恩讲了个笑话，他似乎一点儿也没受影响，故意笑得很大声。现在只剩下我和桑娅了，周围异常安静，我感觉像是身处电视里，有人按下了静音键。

我想说，你真勇敢，我想对她说谢谢，但我最想问的是，她现在是否还有我的那枚蓝丁胶戒指。但我的话像我六岁那年吃鸡骨头时卡在了喉咙里一样。桑娅似乎并不介意。她冲我笑了笑，眼睛眨了眨，指着头巾，跑开了。

这是妈妈离开后，我头一次庆幸她没再跟我们住在一起。今晚校长会打电话到家里。他说布雷思韦特小学绝不允许有小偷。法玛尔老师把我的天使从第一朵云上挪到了左边的角落里。

这件事情发生在午饭后。丹尼尔和莱恩投诉他们的手表被偷了。亚历山德拉和梅齐说她们的耳环也不见了。我起初并没有放在心上。在伦敦，大家也时常丢东西。这没什么大不了的。但在这里，像是一等一的大事。大家都惊讶得倒抽气。法玛尔老师也跳了起来。她那颗痣上的毛发就像战争片里的士兵一样立正了。

她让我们把抽屉里的东西都拿了出来，让我们把口袋里的东西掏空，还让我们把运动包里的东西倒在地毯上。那些不见了的宝贝全都从我的袋子里撒出来了。桑娅大声骂了脏话，结果被赶出教室，我则被送到了校长那儿。

我们经过图书馆，往校长办公室走的时候，法玛尔老师说，上帝无时无刻不在看着我们，即便是我们以为独自一人的时候，我们的所作所为他也能看到。我想起了我们上厕所的情形，希望这不是真的。法玛尔老师在非小说类文学区停了下来，转身看着我。她不停地眨眼睛，呼吸中有股咖啡的味道。最糟糕的是，詹姆斯·马修斯，发现你是小偷我一点儿也没觉得惊讶。我没有回应。你为什么会有这种想法，她问，我说压根儿就不是我做的。她在我面前晃动着手指，我看见她指关节上有个疣。她摇摇头，她说，你不仅是小偷，还撒谎。

如果我是小偷，我才不会蠢到把偷来的东西放在运动包里，我会放进裤子的口袋里，带回家，我试图解释给校长听，结果越描越黑，在外人眼里我简直成了变态狂。

放学后，桑娅还在等我，她就坐在校长办公室的外面。她说是丹尼尔陷害我的，我说我知道，我突然觉得很生气，因为要不是她横插一杠，要不是她去惹丹尼尔，那家伙也不会把他的手表放进我的运动包里，我也不会陷入麻烦。桑娅试着说些安慰我的话，我却大声说别烦我，然后跑开了，哪里顾得上“请勿在走廊大声喧哗”的标志。

我一路全速往家里跑去，担心校长会在我回家之前打电话。我打开门时，刘海汗涔涔地粘在前额上。我如临大敌，像是在等篝火晚会的烟花爆炸一般。但我听到屋子里传来了鼾声，很快松了口气，膝盖突然一软。

要是爸爸白天喝了一整天酒，他晚上便会呼呼大睡，到时候我就能先接到电话。然后我就假冒爸爸，这样他永远也不知道新学校的校长认为我是个小偷的事实了。我会用低沉的声音说我儿子是值得信任的，他肯定是被陷害的，校长就会说真对不起，我就说没什么大碍。校长说不知有什么可以帮忙的。我说要是你星期三能把詹姆斯选入学校的足球队，这件事就算一笔勾销了。

贾丝明回家后，发现我靠在厨房的墙壁上，守在电话机旁。

我想看起来自然点，便假装后脑勺靠在坚硬的墙上其实很舒服，但并没有骗过她。你的表现为什么这么奇怪，她问我，我只得将事情的来龙去脉和盘托出。我跟她说起丹尼尔的时候，她紧咬着牙关，但我大声说到男生才不会戴雏菊花环的时候，她哈哈大笑。她为我感到骄傲，这种感觉很好，尽管我刚才说那话的时候撒谎了。

校长还以为是跟我妈妈在通电话，哪里知道是跟我15岁的姐姐在说话。她在电话里的声音太像成年人了，幸亏说电话的是她而不是我。她告诉校长，除非有人亲眼见到我把偷来的东西放进运动包里，要不惩罚我就不公平。我听到校长在支支吾吾地说话。她说除非他百分之百确定我不是被班里的其他同学陷害的，否则让我留校察看的行为就是错误的。校长哪里还答得上来。贾丝明说谢谢你告诉我这件事情，但我相信詹姆斯是清白的，然后校长说，谢谢你的宝贵时间，马修斯太太，贾丝明接着说，那再见，然后就挂断电话了。而后，我们大笑不止，接着我们吃了茶点。我们一边吃鸡块和土豆片，一边看电视，贾丝明没有吃她的那份，所以也归我了。她说你肯定吃不下，不过我没理她。我吃得比任何人都多。吃自助比萨的时候，我能吃下13块，如果不算面包皮，那起码能吃15块。贾丝明说你真是头猪，但我叫她闭嘴，因为英国最大的选秀节目又要开始了，我心中有了些想法。

第七章

汽车引擎停了下来，我知道，一定是妈妈回来了。我的耳朵捕捉着渐行渐近的汽车隆隆声，却逼着自己待在床上。这段时间，我老以为是妈妈回来了，结果不是开车拖拉机的农民，就是拎着瓶子的送奶工，或是下班回家的邻居。不过这一次，汽车没有嗡嗡地绕过小屋。这一次，汽车停到了我家车道上。一定是安德鲁最终还是让妈妈休假了。

我跳下床，罗杰跟着我穿过房间。然而，就在我要转动门把手的那一刻，听到地板吱吱嘎嘎地响了一声。我将耳朵贴在门上。贾丝明蹑手蹑脚地走过楼梯平台，对着手机咯咯直笑。她说，真是难以置信，你回来了。我等着她来敲我的房门，告诉我妈妈的车停在外面。但她经过我房间，径直下楼，消失不见了。

我跟在后面。这么晚了还没上床睡觉，罗杰兴奋地在我的脚踝边绕来绕去，让我动弹不得，我一把抱起他，他咕噜咕噜地叫了起来。我把它放在胸前，蹑手蹑脚地跟着贾丝明。直到下了楼，我才发现自己原来一直屏着呼吸，肺部感觉有些疼痛。贾丝明待在门廊里，影子映在了窗户上。她搂着妈妈，妈妈的脸埋在她的肩膀里。

奶奶曾经说，人会嫉妒得发绿。我不以为然。绿色代表平静。绿色代表新生。绿色很清爽，就像薄荷牙膏一样。嫉妒是红色的。它让你血管燃烧，肚子发烫。

我拖着脚蹭到信箱旁。罗杰扭来扭去，我俯下身把它放在地上，它一溜烟跑去了走廊。贾丝明和妈妈晃来晃去，像是在跳最后一支迪斯科舞，而我却根本听不到那支舞曲。我打开信箱，一股凉风扑面而来。我闻到一股烟味。奈杰尔一定抽烟了。

真是难以置信，你回来了，贾丝明低声说。简直太意外了。那边传来一阵亲吻的声音，我想象着妈妈把嘴唇贴到贾丝明脸颊上的样子。我使劲把眼睛往信箱缝里探去，却只能看到一个穿着大衣的身影。我得控制自己，才能不伸手去抓那件黑色大衣。我害怕妈妈又会消失不见。贾丝明咯咯笑着，你只能待一会儿。要是爸爸发现我就死定了。那边又传来一阵亲吻的声音。你快走吧，她说。我等着她说，不过得先见见杰米。但她什么都没有说。我屏住呼吸，努力听着。如果贾丝明要把妈妈偷偷藏起来，这个叛徒说的每个字眼我都要听得清清楚楚，尽管这令我作呕。

该走了，贾丝明悲伤地说。我倏地站起来。妈妈还没有见到我的T恤，我不能就这样让她走掉。我的血液如同游行乐队一般，咚咚地穿过我的心脏和脑袋，带动脖子上柔软的地方隆隆地响明待在门廊里，影子映在了窗户上。她搂着妈妈，妈妈的脸埋在她的肩膀里。

奶奶曾经说，人会嫉妒得发绿。我不以为然。绿色代表平静。绿色代表新生。绿色很清爽，就像薄荷牙膏一样。嫉妒是红色的。它让你血管燃烧，肚子发烫。

我拖着脚蹭到信箱旁。罗杰扭来扭去，我俯下身把它放在地上，它一溜烟跑去了走廊。贾丝明和妈妈晃来晃去，像是在跳最后一支迪斯科舞，而我却根本听不到那支舞曲。我打开信箱，一股凉风扑面而来。我闻到一股烟味。奈杰尔一定抽烟了。

真是难以置信，你回来了，贾丝明低声说。简直太意外了。那边传来一阵亲吻的声音，我想象着妈妈把嘴唇贴到贾丝明脸颊上的样子。我使劲把眼睛往信箱缝里探去，却只能看到一个穿着大衣的身影。我得控制自己，才能不伸手去抓那件黑色大衣。我害怕妈妈又会消失不见。贾丝明咯咯笑着，你只能待一会儿。要是爸爸发现我就死定了。那边又传来一阵亲吻的声音。你快走吧，她说。我等着她说，不过得先见见杰米。但她什么都没有说。我屏住呼吸，努力听着。如果贾丝明要把妈妈偷偷藏起来，这个叛徒说的每个字眼我都要听得清清楚楚，尽管这令我作呕。

该走了，贾丝明悲伤地说。我倏地站起来。妈妈还没有见到我的T恤，我不能就这样让她走掉。我的血液如同游行乐队一般，咚咚地穿过我的心脏和脑袋，带动脖子上柔软的地方隆隆隆地响一天。他对我这么好，我要是再和穆斯林说话，就太过分了。

一开始，教室里只有人窃窃私语。不一会儿，越来越多的人进了班，他们不停地说来说去，声音变得越来越大，还会用手敲打课桌。小偷、小偷、小偷小偷小偷。丹尼尔站在人群中央，他长着薄薄的嘴唇和一双眯缝眼，指挥着大家起哄，就像演奏管弦乐一般。我看着桑娅，希望她能救救我。只见一支红色的毡头笔来回画着。她连头都没抬。

法玛尔老师走进教室。即便大家的鼓噪立刻停止，她也一定会在走廊里听到这一切。我等着她让大家停下来，但她看着我，好像我罪有应得一样。她问谁能帮她去拿签到表，丹尼尔第一个举起了手。她冲他微微一笑，他满脸喜悦。丹尼尔的天使升到了第六朵云上。

下课时，雨下得太大，我们不得不待在教室里。我在厕所里消磨了五分钟，把三分钟浪费在了走廊的展览上，又花了四分钟佯装头疼。校医给我额头贴了片湿纸巾，打发我回了教室。因此，直到法玛尔老师从办公室回来，我只在教室里待了两分钟。两分钟足以让流言四起，但还不至于不可收场。

历史课上到一半，窗户不再咔嗒作响。大雨变成了毛毛细雨。我设法集中注意力在维多利亚时期，却做不到，我没有像法玛尔老师教得那样好好写作。我描写着扫烟囱的人的生活，不过只写了三句，因为我很担心，要是午饭时去户外活动，我肯定会骨，一想到她在这样寒冷的晚上却还要躺在地下，我难过极了。

水面上溅起一阵水花。我俯身跪下，直到鼻子碰到了水面。浮游植物和缠绕着的水草间有条金鱼。它光滑的橙色皮肤和我头发的颜色一模一样，眼睛像一对腌制的洋葱，我们对视了很久很久。无论何时我望着池塘，都没有发现过其他生物。这条鱼孤苦伶仃。我能够真切地体会它的感受。

# # #

周二早上，爸爸竟然起床来吃早餐。他在床上躺了十六个小时，身上满是汗臭和酒气。他什么也没吃，却泡了壶茶，我不太喜欢茶，但还是喝了一杯。贾丝明打了四个呵欠。你怎么这么困，爸爸问。她冲他耸耸肩，却给我使了个眼色。我对着我的可可米微微一笑，暗自盼着里奥会很快再来。

屋外瓢泼大雨，贾丝明问爸爸能不能送我们上学。爸爸答应了。他穿着拖鞋开车载我们去了学校。我担心他会看到桑娅，不过大家都穿着雨披、打着伞，根本分不清谁是谁。我跳下车，贾丝明递给我一件雨披，嘱咐我别淋了雨。她说，要是一整天都穿着湿T恤会感冒的。她那样真好。

我走进教室，这是我第一次没有迟到。连法玛尔老师都还没来。桑娅坐在我们的课桌前画画。她右手和鼻尖上沾满了墨汁。我想和她说话，但是爸爸送我来的，还和我说，祝你度过快乐的

被他们狠揍一顿。

下课时，胖厨娘吹着口哨进了我们的教室。她说，你们可以去操场活动了，除了我，大家都欢欣雀跃。

我一走出教室就开始了。他们在操场上跑来跑去，向我聚拢过来，将我团团围住。我突然意识到，为什么奶奶说圆圈不是好东西了。每当我想设法突出重围，就会有几双手把我推了回去。他们跺脚、拍手。他们嚷嚷得越来越响。我四下寻找那个厨娘。她的操场另一侧，冲着几个跑进湿草地的男生大喊大叫。我四下寻找桑娅，只看见一个戴着白头巾的人上了楼梯。它消失在我们教室附近的一扇门后。她走了。

我的手指摸到了耳朵。我眯起眼睛。我身上的T恤大得要命，宽大的袖子在我纤细的胳膊上晃来晃去。我不勇敢。我也不是蜘蛛侠。幸亏妈妈没有看到我这个样子。

先是莱恩觉得无聊了。他在我小腿上踢了一脚，说道，过会儿见，窝囊废。他转身走了，大家也都跟着他四下散开，十秒钟后，只有丹尼尔还待在原地。大家都讨厌你，他说。我一直盯着地面。他踩我的脚，冲我吐口水。他说，滚出我们的学校，回你的伦敦去。我多么希望能这样。我多么希望那一刻就能离开，我相信妈妈见到我一定会很高兴。回你的伦敦去，他又说了一遍，就像这不是什么难事儿似的。就像那边的人会喜欢我似的。

一个扎着马尾的女孩拍了下丹尼尔的肩膀。法玛尔老师让你去教室找她，她咂着一块粉红色的棒棒糖说。什么事儿，他问道。没有说，她答。他耸了耸肩走开了。我擦掉脸上的口水。结束了。我坐在长椅上，试图让自己不再颤抖。丹尼尔问胖厨娘他能否进去。她点点头。我看着他上了楼梯，消失在门后。

午饭后，法玛尔老师让我们坐在地毯上。坐在坚硬的地板上，我淤青的屁股很痛，但我努力不让大家看出来。桑娅最后一个坐了下来，她的眼睛比平时还要明亮。虽然我坐在最后，她还是跨过大家的腿，一屁股坐在了我边上。她咧着嘴笑了笑，我一脸茫然。四撮头发从她的头巾里跑了出来，她玩弄着它们，把头发缠在墨迹斑斑的红色手指上。

电子白板上出现了几道数字谜题。我看着丹尼尔的脸。他看上去心情不错，法玛尔老师一定没有为难他。梅齐答了道难题，法玛尔老师走开，回到了挂在讲桌上面的显示屏前。桑娅的手指不动了。她似乎屏住了呼吸。非常好，梅齐，法玛尔老师伸手去拿她的天使。还差一步就——法玛尔老师喘了口气。大家都跳了起来。她的手停在半空。她的嘴长得大大的。她的眼睛死死地盯着墙上的什么东西。

显示屏左下角出现了两个红字：地狱。地狱里画着魔鬼，工工整整地写着：法玛尔老师。

谁干的，她问道，声音如同耳语。她的眼睛无法离开那个恶魔。我也一样。画得很棒。它长着一副尖角、可怕的双眼和一条长长的尾巴。恶魔全身鲜红，只在尖尖的下巴上有个褐色的圈，看着像颗痣。

法玛尔老师急匆匆地走了出去，教室里顿时鸦雀无声。过了不到两分钟，胖厨娘和校长跟着她回了教室。校长穿了一身黑色的西服、一双亮闪闪的皮鞋，戴着一条真丝领带，十分整洁。一定是午饭时干的，法玛尔老师用力地擤着鼻涕说。她的鼻孔里喷出了鼻涕。有人离开过操场吗，校长问厨娘，眼睛却扫向我，似乎希望是我干的一样。厨娘搓着下巴望着我们。桑娅的胳膊微微颤抖起来。厨娘点了点头。是他，校长。她指着丹尼尔说。

跟我来，小子，校长说。丹尼尔却没有动。是法玛尔老师找我，丹尼尔反驳道，脸色惨白。我才进来的。校长问法玛尔老师是不是这样。她摇了摇头。您问他，丹尼尔怒气冲冲地指着我说。杰米当时在场。桑娅用胳膊轻轻碰了我一下，我一下子明白了。丹尼尔哀求着。他害怕极了。告诉他们，杰米。告诉他们那个扎着马尾的女孩是怎么说的。那天，我第一次直视着他的眼睛说，不好意思，丹尼尔，我不知道你在说什么。

法玛尔老师的心情糟透了，没法继续教我们，胖厨娘只得给我们讲了几个故事。一放学，大家立刻冲出了教室，只有桑娅还待在那里。我想说点什么，却不知道该如何开口。所以，我只好打开铅笔盒，把铅笔按照一个方向摆好，之后便又无事可做了。我抬起头，发现桑娅正望着我，嘴里还咂着块粉红色的棒棒糖，就和让丹尼尔回教室的那个咂着棒棒糖的女孩一模一样。贿赂，桑娅耸着肩说，似乎她的主意没什么了不起的，没法和法玛尔老师喋喋不休地谈论的全世界，甚至全宇宙的一号完美计划相提并论。

我点了点头。这会儿，我头昏脑涨，既害怕又兴奋，就像要去坐过山车一样。桑娅把手伸进口袋，拿出两枚蓝丁胶戒指，一枚中间镶了颗褐色宝石，另一枚则镶了块白色宝石。她没有说话，径直走到我身边，她闪闪发光的双眼如闪光灯般照着我的脸庞。她把褐色戒指戴在中指上，又把白色的递给我，一脸严肃。我顿了千分之一秒，猛地戴在了手上。

第八章

水坑上的枯叶像漂在水面上的死金鱼。山上的绿色褪去，变成了褐色与紫色，好像淤青了一般。我喜欢这样的世界。在我看来，夏天有点儿太亮、太欢乐了。花儿起舞，鸟儿歌唱，大自然似乎在开一场别开生面的派对。秋天好多了。一切都变得颓废些，不会让人觉得自己与快乐无关。

眼看就要10月末了，这是一年当中，我最喜欢的时光。圣诞节、复活节和其他所有的节日当中，我最喜欢万圣节。我喜欢乔装打扮，喜欢收到糖果，尤其喜欢到处捣蛋。小时候，妈妈不让我花钱买捣蛋装备，我只能自己发明。她说，大家都会给你糖果，没人会让你捣蛋。除了离婚这件事儿外，这是她撒过的最大的谎。七岁那年，我看《东伦敦人》知道了离婚这种事儿，我担心了整整一个礼拜，害怕爸妈会分开，害怕会没人要我。周日，妈妈问我为什么不吃烤鸡，我说电视上的蒂姆和托雅离婚了，她说她永远都不会离开爸爸。所以，这是她撒过的最大的谎。万圣节的谎也很糟糕，因为她不给我买装备，就意味着我根本没有准备好，这很丢人。

一个可怕的男人牵着斗牛犬开了门，说了声捣蛋吧，我却呆呆地站着。他说，你聋了吗？我摇摇头，他说那就捣蛋吧。我让他闭上眼，他照做了。我不知道该干什么，只是捏了捏他的脸。他骂了我，斗牛犬冲我狂吠。我急忙跑开了。那年，我再也没敢去敲其他邻居的门，担心还会遇到这样的事儿。第二年，我实在不想错过那么多糖果，便自己做了些捣蛋装备。

今年的万圣节会更有意思。我觉得威利·旺卡是目前最有想象力的人，不过桑娅比他强得多。我还是忘不了那场画恶魔的恶作剧。没人发现是她干的，丹尼尔还被停了三天课。他的天使也从陈列栏上摘了下来，扔到了垃圾桶里。

我不知道穆斯林也庆祝万圣节。我对桑娅说，我还以为万圣节是基督教的东西。她大笑。桑娅就是这样，一笑起来就停不了，不禁让你也跟着笑起来。我们就这样坐在操场的长椅上狂笑不止，我都没搞懂到底是什么事情这么好笑。她说万圣节是英国的传统节日，和是不是基督教徒一点儿关系也没有。我差点问她为什么庆祝万圣节，因为我总会忘了她是在英国而不是巴基斯坦或是其他什么地方出生的。显然，巴基佬说的就是她这种人。我觉得这个词儿是对穆斯林的侮辱。

我们又见面了，蜘蛛侠，她说。我应道，穆女郎，你今天又救了多少人？她假装伸手数了起来。她耸耸肩说，937个。今天很平静。我们咯咯笑起来。你呢，蜘蛛侠。我挠挠头说道，830个。不过我今天很晚才出门，又早早回了家。我们一下子大笑起来。我们每天都会讲同样的笑话，却从来不会觉得无聊。

我周末在校外见到了桑娅，感觉有些怪怪的。她坐在七叶树下，身旁放了条白色的毛毯，手里还拿着一个塑料袋。我侧头看了眼大树，才过去坐在了她的边上。橘色的七叶树干巴巴的，像是在太阳下晒了许久的老人。爸爸出去买酒了，不可能在树林附近，但我还是紧张得要命。

我差点儿出不来。在学校里和穆斯林做朋友是一回事儿，在周末见面却是另外一回事儿。桑娅提议去捣蛋，我想都没想就答应了。我满脑子想着能得到多少糖果、能捣什么蛋，想着这次万圣节会比在伦敦度过的万圣节有意思得多，因为这次，我不再单枪匹马。但是，我早上从急救包里偷来绷带，想把自己打扮成木乃伊，却感到一阵内疚。我们坐在电视机前吃着麦片，一个和桑娅一样肤色的女人播报着新闻。爸爸说，英国广播公司居然雇个血腥的巴基佬，似乎这事儿很不体面。我说，她没准不是从巴基斯坦来的。贾丝明的眉毛躲到了粉红色的刘海后面。爸爸换了频道。一部彩色动画片出现在屏幕上。他问，你说什么？他语气平静，却紧紧地攥着遥控器，手上的关节都泛白了。我咳了下。你说什么，詹姆斯。贾丝明把手指放在唇间，似乎在要我闭嘴。她没擦粉底，脸却显得十分苍白。没什么，我说。爸爸点点头。我想也是，他说。他冲骨灰盒微微颔首，像是罗丝正坐在壁炉上，看着这一切似的。

桑娅把毯子罩到头上，让我松了口气。她在毯子上剪了两个洞当眼睛，还剪了一个长长的香肠形状当嘴巴。从洞口望去，你根本看不见她的皮肤。这装扮真酷，我说。她应道，你的也不错。我的装扮有点儿奇怪，因为绷带用完了，只能用粉色的手纸代替。但我还是说，谢谢，我只希望不会下雨。她咯咯笑道，否则你会被冲走的。

三小时后，我们走遍了这片的房子，两个袋子鼓鼓囊囊的，装满了糖果。我们坐在七叶树下吃东西，虽然还不到七点，天却已经黑了。除了群星闪耀的夜空，一切都是黑乎乎的。我望着天空，百万颗繁星如同一根根小蜡烛。有那么一瞬间，我觉得它们是为我和桑娅亮起来的，是为我们的特殊万圣节野餐亮起来的。我笑得肋骨都疼了，这可能是我人生中最快乐的一天。我想告诉桑娅，却担心她觉得我懦弱，所以只是说，记得那个家伙吗？我们又笑得前仰后合。他是最后一个说要捣蛋的人，我从身后取出水枪，他躲闪了一下，不过，当然啦，水枪里根本没有水。这就是桑娅说的圈套，分散对方注意，她才好下手。她扔了颗臭弹到他家，他却没有发现，因为他正闭着眼睛，等着水从水枪里射出来。桑娅接着大喊，骗到你了。那家伙直接关了门。但我们没有离开。我们蹑手蹑脚地走到他家客厅窗户旁，看他坐在了沙发上。一秒钟后，他的鼻子皱了起来。十秒钟后，他仰起头嗅着空气。又过了十秒，他看了看鞋底，像是担心自己踩到了狗屎一样。桑娅把手指放在嘴唇上，因为我笑得太大声。虽然她的手指冰凉，我的嘴唇却烫得不行。

你为什么穿这个，她的嘴里塞满了巧克力。我是木乃伊呀，我回答说。他们身上缠着绷带，但是我的绷带用完了，所以我就——她摇了摇头。不是这个，她指着手纸说。那个。他摸了摸我的蜘蛛侠T恤。我是个惩恶扬善的超级英雄，我说。她叹了口气，嘴里散发出一股可乐的味道。虽然她一直套着毯子，我还是能够看到她闪亮的双眸，它们比夜空中的所有星星都要明亮。你到底为什么穿这件衣服，她说。她的双腿缩到胸前，下巴抵着膝盖。她慢慢地吮吸着棒棒糖，似乎要用全世界的时间来听我的故事。我的话冲进喉咙，跑到嘴里，迫不及待地要出来。然而每当我深吸口气要开口说话，却什么都说不出来。

我们离开伦敦时，爸爸花了一个来小时才把衣柜推出卧室。他侧着推、倒着推、这边斜一点儿、那边斜一点儿，可衣柜就是出不了门。妈妈、外遇、爸爸、酗酒这些词就像那个衣柜——大到根本出不来。无论我如何努力，就是没法说出口。

棒棒糖眼看就要吃完了，我终于开了口，我就是喜欢它，仅此而已。我想转移话题，说道，你为什么戴这种头巾。她说，穆斯林面纱。我说谁杀？她说那不过是头巾的名字，穆斯林面纱。我一遍又一遍地重复着这个词儿，我喜欢它的发音。我很好奇，要是爸爸看到我大晚上和一个打扮得像鬼一样的穆斯林坐在七叶树下，嘴里还轻轻念叨着穆斯林语，会说些什么？我灵机一动，知道他一定会那样说，脑海中还浮现出他扭曲的脸庞和噙着泪水的双眼，他手里抱着骨灰盒，抖个不停。

我起身站了起来。糖果让我反胃。我只吃了四分之一袋，把剩下的扔在了桑娅的腿上。你吃吧，我说，我回家了。我边走边撕扯着头上的绷带和身上的手纸。我不想再见桑娅，但更希望她能追过来，问我怎么了。我来到拐角处，只要再向前走五步，她就看不到我了。所以我放慢了脚步，却努力不回头看她。可是我的脖子不听使唤，我的头不由自主地转到了右边，看到桑娅正急急忙忙向我跑来。

你害怕了，蜘蛛侠，她说。超级英雄可不能就这么开溜。她一靠近我，我便加快了脚步，假装想要摆脱她的样子，我既想离开她，却又一点儿都不想离开她。我没害怕，我说，不早了。爸爸说我八点得到家。桑娅把我的袋子塞回我手上。你是世界上最差劲的骗子，她说。想用你的可乐换我的巧克力吗？

车灯在角落附近闪来闪去。我立刻认出了那辆车。我的心翻了个大大的跟头，就像电视上那些看起来七岁左右，却已经十几岁的体操运动员一样。桑娅说，怎么了？我想大喊让她躲起来，但是爸爸慢慢减速、减速、减速，吱一声刹住了车，他摇下车窗，一切都太晚了。爸爸探出车来盯着我们。我大喊不给糖就捣蛋，但声音太大了，听上去高兴得过了头。我尖叫着，就像学校里被乔丹使劲儿攥着的仓鼠一样。我想看着爸爸，可目光却飘到了桑娅身上。她还罩着毯子，只要不脱下来，她看上去就像个鬼，不是什么穆斯林。爸爸可能发现不了。

我走到车前和爸爸打招呼。我觉得爸爸来了这么一句，战果不错吧？不过我不太确定，他说话含混不清。我举起袋子，桑娅也举了举袋子。爸爸说，这是哪个朋友？我还没来得及编出个像英国人的名字，桑娅先开了口。我是桑娅，她说。爸爸笑了笑。很高兴见到你，他满嘴酒气地说。你是詹姆斯学校的朋友吗？桑娅说，我俩一个班，是同桌，我们一起分享糖果和秘密。爸爸吃了一惊，却十分高兴。我希望你们也会好好做作业，爸爸开玩笑说。桑娅哈哈大笑，那当然，马修斯先生。我呆呆地看着，爸爸不但咧着嘴冲穆斯林笑，还开车送她回了家。

我们系好安全带，那玩意儿勒着胸口，我觉得喘不过气来。要是桑娅的父母在门外，要是她家窗帘没有拉上，要是他们跑出来道谢，爸爸就会看到他们褐色的皮肤，然后大发雷霆。他调转方向，我不停在想电视里酒后驾车身亡的广告，爸爸显然喝多了，我真后悔让桑娅上了车。而她却一边吃着糖果一边和我们聊天。她的声音里满是微笑，似乎她的每句话里都是笑脸。她说她一直住在湖区，她的爸爸是名医生，妈妈是位化学家，二哥在读高中，大哥在牛津大学。聪明的一家，爸爸说，言语中透着钦佩。右边那家就是，桑娅说。我们在一个大门前停了车。窗帘后灯光闪烁，但车道上没有人。

谢谢您载我回家，桑娅说着跳下车，右手上的塑料袋左摇右摆。除了她黑乎乎的手指，我什么都看不到。我比以往更加虔诚地祈祷爸爸不会注意。他只是笑着说，随时恭候，亲爱的。桑娅跑开了，白色的毯子在风中晃动。

爸爸掉头，将车从桑娅家开走了。我从窗户向外望去，看到桑娅进了门，不见了踪影。爸爸从后视镜看了我一眼。她是你女朋友？我满脸通红地说，不是。爸爸大笑道，还不错，儿子。桑娅是个好女孩。我突然想大喊，她叫桑娅，是个穆斯林，想看看爸爸会说什么。我知道，要是爸爸看到的是戴面纱的桑娅而不是罩着毯子的桑娅，一定不会觉得她是个好女孩。

第九章

今天早上，我们在图书馆查资料。我在看一本有关维多利亚时期的书，书上写道，古时候，妇女只会待在家里照顾孩子，她们没有工作，也离不开她们的丈夫，因为离婚并非易事，而且价格不菲。我正畅想着能生活在维多利亚时期，一只手突然拍了我后背一下。我确定是丹尼尔，便大声叫起来，法玛尔老师，全然不顾墙上写着的嘘，那是图书馆的牌子。她说，怎么了，詹姆斯？我说，有人用手指使劲儿戳我后背。校长清了清嗓子，把我带出了图书馆。只听法玛尔老师嘴里嘟哝着什么，好像在说，你得学会尊重长辈，小伙子。校长低头看着我，我抬起头，看到他的鼻孔，我怀疑他的鼻毛这么多，会不会呼吸困难。他说，你明天下午有事儿吗？我说，没事儿。他说，好吧，现在有了。他告诉我学校足球队有个空缺，因为克莱格·杰克逊受伤了。

贾丝明说她无论如何不会错过的。她觉得我会进球并赢得比赛，因为我的靴子有魔力，它们会让我变成韦恩·鲁尼。我问爸爸会不会来看我比赛，他打了个嗝。我不知道这算不算是答应了。

足球队选拔赛是一个月前的事儿了。我真的尽力了，却没有抢到球。我参加了左边锋、前锋的选拔，我以为自己做得不错，却徒劳无获。公布入选结果的前一个晚上，数百只蝴蝶在身体里扰得我无法入睡。当天早晨，每只蝴蝶似乎又养了十个精力充沛的宝宝。校长说，课间休息时，会把入选结果贴到他办公室外面的公告栏上，这意味着，我还得等上足足两节课才能知道结果。英语课上，老师让我们作诗，题目是《我家真好》，可我只能想到“灼”和“骨灰盒”两个韵脚。法玛尔老师以为罗丝还活着，所以我还没法用这两个词儿。数学课上，我们做了分数题，我平时很擅长这种题，但是身体里的蝴蝶飞到了脑子里，让我焦躁不安。

法玛尔老师说，出门前要穿上外套。丹尼尔和莱恩跑到操场，却没有去看入选名单。他们知道自己一定在名单上，因为他们是上个赛季唯一入选的五年级选手。我想表现得满不在乎，下课后径直去了图书馆，连书名都没看就从书架上把第一本书拿了下来。我远远地盯着公告栏上的那张纸。11个名字写在上面，下面还跟了3个替补的名字。我走近些，脑中响起《翼下之风》便吹起了口哨，去圣比斯的那个周末，爸爸一直单曲循环着那首歌。

纸上的字歪歪扭扭的，根本看不到写的是什么。我凑近一步。名字的第一个字清晰了起来。有两个詹。我往前靠了靠，虽然不吹口哨了，嘴却还噘着。我看到了第七个名字：詹姆斯。

詹姆斯。詹姆斯·马博特。一个五年级学生。而我连替补都不是。

我跑到操场。我踢开门、冲下楼梯、跑过角落，正好撞上了桑娅。从图书馆借的书飞到空中，掉在砾石路上滑了个圈。她捡起书，看了下书名。封皮上黑色的大字写着：《我的奇迹：一本关于卵子、精子、分娩与宝宝的书》。她咯咯笑起来。我一把把书抢了过来。

那天晚上，我坐在窗台上读完了《我的奇迹》，罗杰一直蜷缩在我脚边。书中一遍又一遍地说我是如何与众不同，因为我只有千万亿分之一的机会成为我。要是爸爸的精子没有在那一刻及时和妈妈的卵子结合，我就会成为另外一个人。这不是什么奇迹，更像是运气不好。

# # #

你看上去一点儿都不傻，桑娅对我说，她见我待在更衣室门口一直不敢进去。你是蜘蛛侠。我想说，蜘蛛侠不运动。但她在向我示好，我忍着没说出口。你还有枚魔法戒指。我看着套在中指上的蓝丁胶戒指，摸了摸上面的白色宝石，感觉好了一点儿。你会很棒的，桑娅笑着说。我深吸了口气，推开门。

法玛尔老师误以为丹尼尔把她变成恶魔之前，丹尼尔一直是足球队队长。看着校长和莱恩讨论战术，丹尼尔似乎嫉妒得不得了。莱恩不时点头，他的胳膊交叉在胸前，一副严肃的样子。足球听话地待在莱恩脚上，像是一出生就粘在他脚趾上一样。丹尼尔坐下来，牙齿咬得紧紧的，右腿抖个不停。一见到我，他便摇摇头，像是不相信我也能进更衣室一样，更别说足球队了。我没理他，从运动包里拿出了短裤。

地板中间有一堆T恤，我选了一件长袖，好遮住胸前的蜘蛛侠。我准备好后，校长让我们围成一圈，两个男孩的胳膊绕着我，我咬着嘴唇才没有笑出来。校长说，本场是这个赛季最重要的比赛。校长接着训话，大家都静静地盯着他，连喘气的声音都听不到。他说，如果我们今天打败格拉斯米尔，就是联盟冠军了。我看着队员们，心痛得厉害，我是多么想赢得这场比赛呀。他说，我知道有不少人受了伤，我们连个正经的队伍都没有，但我们要全力以赴。突然间，我发现地板格外有趣，便一直盯着它看，不知道校长又说了些什么。

赛场旁站着许多来看比赛的妈妈、爸爸和爷爷、奶奶。棕色、黑色和姜黄色的脑袋挤成一片，其中夹杂着一个粉色的脑袋、一个绿色的脑袋和一块黄色的面纱，醒目地晃动着。我假装知道自己该做什么，在对手进场前，做了三个弓箭步和十个伸展跳。我是左边锋，在球场左侧跑上跑下，尽管没有球，还是假装自己在带球。

格拉斯米尔足球队终于来了。裁判说，队长出列。莱恩走上前去。丹尼尔嫉妒得满脸通红。莱恩说，正面。裁判说，不，是反面。对方先开球。哨声响起，我生平第一次不是守门员的比赛开始了。

我前三次抢到球时，都被对方抢断了。防守我的男生看上去有13岁，嘴唇上方甚至长了些绒毛，还有个小小的喉结。他身体强壮、很不好对付，身上散发着一股除臭剂的味道。五分钟后，我的腿上沾满了泥巴，膝盖被对手踢得疼得要命，双脚被一双小鞋夹得直哆嗦，但我从来没有这么快乐过。防守我的人个子高，却行动缓慢，我能够轻而易举地摆脱他。

我第一次这么努力，我希望能够让贾丝明、里奥和桑娅觉得我很棒。我一直在想，爸爸会不会就在人群中，他会不会觉得我很不错。每次抢到球，我脑海中总有个人低语起来，就像电视上的现场解说一样：杰米·马修斯一记精彩的传球突入禁区；马修斯过了一个后卫、又过了一个、再次过掉一人，新加入的球员马修斯上半场的表演太精彩了。

45分钟后，我们队一球落后，因为我们的守门员没有看住那个乌龙球。丹尼尔说他是什么麻痹症患者，连门都守不住，莱恩大笑起来。我没有像他们那样做，我知道身为输球队的守门员是什么滋味。我吃了几片橙子，弄得满手黏糊糊的，不过味道很不错。接着，下半场比赛开始了。

我们错失了大量进球机会。丹尼尔把球踢上了球门柱，莱恩从我的位置把球顶上了球门横杆。时间一分一秒过去，我有些惊慌，就像肚子里有个气球变得越来越大一样。接着，一个叫弗雷泽的家伙闯进了禁区。裁判说，罚球。原本丹尼尔要去踢点球，莱恩说，不行，我来。他一脚把球踢进了球门右上角。人群沸腾起来，莱恩高举双手跑向看台前，大家都跟在他身后。可我跑过去时，欢呼声已经停了下来，我不得不赶快跑回球场左侧等待开球。

我体力不支，却还继续坚持着。我的脚疼得要命，但我决不放弃，一秒都不行。校长在球场边来回踱步，亮闪闪的皮鞋上沾满了泥巴。他一直扯着嗓子冲我们喊，但我什么都听不到，我满脑子热血，耳朵里传来哗哗的噪声，就和从贝壳里听到的声音一个样儿。裁判看了下秒表，我知道，还有一分钟，他就要吹响终场哨声。突然，我抢到了球，带球绕过了防守。我到了禁区边缘，球还在。我继续运球向前跑，球还在。我的面前只剩下了守门员。解说员的声音响起：杰米·马修斯有机会带领球队获胜。我想着爸爸、想着桑娅、想着贾丝明和里奥，我使出全力左脚攻门。

一切都慢了下来。守门员起身跳起。他的脚落在地面。他的胳膊伸展开来。球网晃动起来。看台上的一双双手举到空中。球进了。

球进了。我盯着球门，眼睛一眨也不敢眨，一下都不敢动，生怕这一切不过是场梦，而我马上就要从梦中醒来。贝壳声不见了，我听到呐喊声、鼓掌声、欢呼声，最棒的是，这一切全都是因为我。不知道为什么，我突然想到了从图书馆里误打误撞借到的那本书，我第一次感觉自己是那么与众不同，不像什么奇迹，但也差不太多。几百双手把我拽倒在地，队员们一齐把我压在身下。我的脸被挤到泥里变了形，身上也被地面弄得湿答答的，但我一点儿也不介意。此时此刻，我哪儿都不想去，只想待在这片球场上，任由10个尖叫着的队友把我压得喘不过气来。

是九个尖叫着的队友。丹尼尔没有跑来庆祝。直到裁判吹响终场哨，我起身站了起来，才发现他没有来。丹尼尔孤零零地站在球场中间，我们赢了，但他看上去并不高兴。

桑娅一次次地喊着我的名字，还吻了下手上的戒指。我到处找爸爸，也吻了自己的戒指一下。桑娅挥着手跑开了，我肚子里的气球大到了极点，但它很不错，像臂圈或充气垫一样让我浮在水面。我生平第一次感觉自己的肩膀宽阔起来，胸膛膨胀了，蜘蛛侠的T恤再合适不过了。

爸爸妈妈们向他们的孩子走了过来，我一时不知所措，根本没人来看我。我仍然微笑着，胸口却突然疼痛不止，感到口干舌燥。我仍然微笑着，我不能让任何东西毁了现在这一刻，即便爸爸那声意味着他不会来的打嗝声也不行。贾丝明和里奥在接吻，不过他们分开了，冲着我挥手，我立刻向他们跑过去。她一遍又一遍地说，我是个多么了不起的英雄，比韦恩·鲁尼还棒。里奥又握了握我的手，这次我知道自己该怎么做了。他说，鱼能踢成这样还不错。我说，总比刺猬强。他适时大笑起来，一点儿不像假惺惺的大人。他戴着舌钉、唇钉，笑起来银光闪闪的。

其他人一直盯着贾丝明粉色的头发、里奥绿色的短发和他们黑色的衣服、煞白的脸庞看，这一次，我并不在意。我回瞪他们，直到他们转过头去。我觉得自己特别勇猛，即便绿魔这一刻从《蜘蛛侠》里跑到球场，我也毫不畏惧。贾丝明说，回家见。里奥说，过会儿见，小不点儿。我又孤身一人了。这一天真是太棒了，我把眼睛睁到最大，好记住今天的点点滴滴。草儿在膝盖上留下斑斑点点、门网在风中摇曳、我过掉的后卫垂头丧气地挪着步子，而这一切，都是因为我。

校长捏捏我的肩膀说，踢得不错。接着，他又摸摸我的头发说，进球很精彩。我觉得今天已经很完美了，便走着去了更衣室。除了丹尼尔，大家都笑着夸奖我，踢得不错、比赛很精彩、没想到你的左脚这么厉害。守门员甚至大喊着杰米·马修斯，明星球员。我的进球让大家把他上半场的失误抛在脑后，再也没人叫他麻痹症患者了。几个人附和着。丹尼尔哼了一声，摇着头跑出了更衣室。我以为他会直接回家，直到他的拳头打在我脸上，我才知道自己错了。

他在离学校只有半英里的僻静小路上打的我。周围一个人都没有。丹尼尔没准儿一直在更衣室外等我，然后尾随我回家。他偷偷摸摸地跟在我身后，我一点儿都没发现。我一直在脑海里和妈妈说着话，我告诉她这场比赛，安慰着哭泣的她。我觉得安德鲁下次一定会让你过来的。

有人拍了下我后背，我转过头，却看到了五个指关节，全招呼在我脸上，我的眼球抵在头骨上，就像鸡蛋碰到墙上一般。我伸手护住头，一只脚又踢在了我肚子上，我一下子摔倒在地。那只脚又开始踢我的腿、我的手肘、我的肋骨，我嘴里冒出股金属的味道，一定是血。

我转身护住肚子，丹尼尔又使劲捶打我后背。他拽着我的头发甩来甩去，人行道上满是鲜血。他冲着我的耳朵大喊，这是报你让校长找我麻烦的仇。我想说话，但嘴里满是鲜血，还有个硬硬的东西，似乎是颗牙齿。他说，你个白痴，大家都讨厌你，一个运气球也改变不了什么。我躺在地上静静地听着，直到他说，带着你的巴基佬滚回伦敦去。不知道为什么，这个词儿让我很恼火，我试图站起来，可身体却不听使唤。

丹尼尔跑开前还踩了我的手指。我躺在人行道上，看着他的运动鞋转过拐角，没了踪迹。我全身的骨头疼痛不已，脑袋也隐隐作痛，疲惫极了。我闭上眼睛，专心呼吸。空气在我鼻孔里进进出出。我一定是睡着了，等我再睁开眼睛，天已经黑了。在奶油色的月光下，山影重重，树木也都成了黑色的尖刺。

我一瘸一拐地走回了家。小屋外没有闪着蓝光。妈妈的车也没在车道上。我不知道现在几点了，只知道不早了，我想爸爸一定很担心，打了不少电话找我。

我打开前门，等着贾丝明冲下楼梯，等着爸爸冲我大叫，你到底跑哪儿去了？可走廊里静悄悄的。灰色的灯光透过客厅的大门渗进来，我走过去，每一步都刺痛不已。爸爸在沙发上睡着了，他的膝头放着本打开的相册，罗丝的照片在电视光线的映衬下闪闪发光。我盯着他看了许久，尽管我遍体鳞伤，眼睛肿得有平时两倍大，却从来没有这样被人无视过。

电视按了静音，正播放着广告。英国最大的选秀节目。一群孩子跳着无声的舞蹈，脸上闪着快乐的光。他们的家人坐在观众席上，随着节奏一直拍手。屏幕上出现了一串电话号码，边上还绕着几个字：拨打这个电话，你的命运将改变。我从壁炉上抓下一支笔，在酸痛的手掌上写下了这几个数字。

第十章

事实上，我并没有在人行道上睡很久。现在天黑得太早，想知道时间并不容易。我关掉电视的时候才刚刚六点半。我把爸爸一个人留在客厅里，上楼回了卧室。我一进屋，罗杰就从窗台上一跃而下，用它的毛蹭着我的淤伤。我能活着回来，至少还有个人会这么高兴。我脑子中突然浮现出一个画面：罗杰用爪子拨打999，告诉警察我失踪了。我微笑起来，脸颊上提碰着眼睛，让我痛到无以言表。

贾丝明10:21到的家。前门上的铰慢慢转动着，发出嘎吱嘎吱的声音，我知道她是想溜进来，不让爸爸发现。我屏住呼吸，不想她被逮住，尤其是在她说了韦恩·鲁尼的事儿之后。可我听到了一阵跺脚声，接着便是大吼大叫，我知道她遇到麻烦了。

爸爸一直在喝酒，因为他的声音大得出奇。没错。就像一部坏电视的音量，他一喝酒就控制不住自己的声音，要么小到你听不到，要么大到震耳欲聋，从来没有刚刚好过。所以，即便我用被子盖着头，嘴里不停地哼着歌，还能听得清清楚楚。

他一次又一次地问她，你去哪儿了？她说，只是和朋友出去玩了。明显是在说谎。但我不会怪她，她不提里奥是对的，因为爸爸不希望贾丝明有男朋友，更何况还是个染着绿毛的家伙。他说，你为什么没打电话说一声？我知道贾丝明想说什么。我能看到那些字眼突然闯进她脑袋里。不过她只是说，下次我会记得打电话的。爸爸说，没有下次了。贾丝明说，什么？爸爸说，你被禁足了。

太荒谬了，我想哈哈大笑，可是我的脸一动就疼得要命，只得强忍着板起脸来。爸爸一连几个月都没管过我们了。他不给我们沏茶、不关心我们每天干些什么，也没有让我们不要吵架。贾丝明也是同样的反应，我听到爸爸说，别傻笑了。她大喊大叫，你不能让我禁足。爸爸回答说，你要非像个孩子一样不懂事，我只能用管孩子的方法来管你。贾丝明说，我可比你更像个大人。爸爸说，真可笑。我冲着罗杰吹口哨，不，才不会。罗杰发出咕噜咕噜的声音，像在附和我，它的胡须把我的嘴唇弄得痒痒的。它蜷缩在我身旁，就像个毛茸茸的暖水瓶。楼下悄然无声，贾丝明有太多的话无法说出口。

和卢克·布兰斯顿做了四天朋友，他便邀请我去他家做客。我们一起看了一部老恐怖片，叫作《追命传说》[1]。里面有个拿着钩子的男人，只要你对着镜子喊五遍他的名字，他就会出现在你的面前。自从看了那部电影，我一直想试试，看他到底能不能

---

① "Candyman"：《追命传说》又译作《甜心宝贝》。——译者注

出现。有时，我刷牙的时候会对着镜子说，甜心宝贝、甜心宝贝、甜心宝贝、甜心宝贝、甜心——以防万一，我从来没有说全过五遍。

这就像和爸爸相处一样。没人提过他酗酒的事儿。贾丝明从没和我提过，我从没和她提过，我们也从来没有和爸爸提过。太可怕了。要是我们提了酗酒这个词儿，我不知道会有什么后果。

我的心抵着床垫，怦怦直响。我多么希望她能当着爸爸的面喊出那个词儿。罗杰浑身发热，纵身跳下了床。教堂的钟敲了11下，我脑袋中浮现出一个画面：一个小老头在星空下拽着钟塔里的绳子敲钟。楼下还是悄然无声。我咬着牙，才发现有颗上牙不见了。丹尼尔把我最后一颗乳牙打掉了。

上楼的脚步声打破了平静。我松了口气，却又有些失望。我的门开了，贾丝明走了进来，她坐在我床上放声大哭。眼线染黑了泪水，在她脸上留下了一条条黑线。我抱了抱她，她瘦得后背都是骨头。她说，我受不了了。我伤心极了，妈妈走之前也是这样说的。我紧紧地抓住贾丝明的手，想起圣比斯海滩上的那只风筝，它拉拽着、扭转着，努力挣脱来获得自由。我与她十指相扣，紧紧地攥在一起。我说，一切都会好的。她说，怎么好？我说，别担心，我有计划。

# # #

法玛尔老师一进教室，就把足球队员的天使粘到了新的云朵上。丹尼尔的天使被扔掉了，她在便笺上写下他的名字，粘在了第一朵云上。桑娅一直在捕捉我的目光，可我没有看她。被丹尼尔暴揍一顿后，我真害怕再惹他生气。

因为进了决胜球，我的名字跳了两朵云，粘到了第三朵上。法玛尔老师说，起立，小伙子们。我们照做了。她说，你们还差一步就登顶了。大家都鼓起掌来。她用一双没有颜色的眼睛奇怪地看着我，摇了摇头，似乎决定不再多说什么。我的眼睛又青又紫，还肿了起来，就像奇怪的爬行动物露出自己丑陋的身体来吸引异性一样。

吃早饭时，贾丝明问我的脸怎么了，我敷衍说比赛时被人碰的。她点了点头。我想爸爸没准儿会问下比赛成绩，可他却乐呵呵地听收音机。

地理课上，桑娅不停地想和我说说那场比赛。她一遍又一遍地说着我的进球，说是从来没见过这么带劲的事儿，就连电视上的足球比赛也比不了；说她知道我会很厉害，因为我是蜘蛛侠。可我从来没像现在一样觉得自己不是什么蜘蛛侠，我的身体在T恤里隐隐作痛，纤细的胳膊上宽大的袖子晃来晃去。她说她觉得下场比赛，校长应该让我当队长。我让她闭嘴。她说，你说什么？我说，你一点儿都不了解足球。她圆圆的眼睛眯成了缝，嘴唇也抿成了一条线，像是有人用尖尖的铅笔画出来的一样。

英语课上，她没和我说一句话。开会时，校长夸我是明星球员，她也没有鼓掌。这原本该是我人生中最重要的时刻，我却觉得自己像我伦敦的同学，一个叫多米尼克的残疾人。无论多米尼克做了什么，哪怕是写了几个歪歪扭扭的大字，大家也会说，哇喔，好厉害。就像他写了本书，或是其他什么重要的东西似的。校长描述我的那个进球时，就是这种感觉。大家没觉得那个进球有多好，只不过对我这个面黄肌瘦、反应迟钝的人来说，已经是相当了不起的成绩了。

课间休息时，我来到长椅那边。我觉得桑娅不会在那儿，她一定气坏了。可她竟然也在。她双手交叉在胸前，仰着头、跺着脚。她的双眼和她头上戴着的面纱一样乌黑，三撮闪亮的头发飘在空中。我一坐下，她便开口说，我不会理你。我说，那你为什么和我说话？她说，我只想告诉你，我今天再也不会和你说话。于是我说，不过我很抱歉。她说，你当然该抱歉。我说，我还以为你不会说话了呢。她打了我的腿。我原本觉得不会很疼，但却疼得咒骂起来。我用手捂着大腿动弹不得。桑娅看看我的腿，又看看我的眼睛和手上的抓痕，她张大了嘴巴，突然发现了什么。她跳起来说，跟我来。下坡时，她的头巾来回晃动，手镯叮当作响，我从来没有见她这样过。我们沿路到了学校下面的一间绿色小棚屋里。

桑娅四下张望，我问，这是哪儿？她转动了一扇隐蔽小门的把手。我跟着她走了进去，眨了好几次眼才适应了黑暗的环境。这里满是蜘蛛网和泥土的味道。这是体育储物室，她关上门，坐在了一个大球上。以前，大家叫我咖喱细菌时，我就会躲到这儿来。我不知道该说什么，便从地上捡起一个网球拍了起来。她走过来抓住了它。怎么回事，杰米。我假装若无其事地大笑起来，声音却高得离谱，没完没了。她等我停下来，小声说，怎么回事？

我的脸涨得通红，身上的淤伤一阵阵抽痛。我噙着口水，听上去就像吞了只苍蝇的爬行动物。我想告诉她发生了什么，却不好意思开口。胖厨娘吹响了哨子，我转身要出门，桑娅一把抓住了我。我低下头。握在她的黑手指中，我的白手指看上去很漂亮。她站了起来。她离我太近了，我甚至能看到她嘴唇上的那颗小雀斑。她放下我的手，抚摸着我T恤右边的袖子。我大喊道，不要。可她还是慢慢地、轻轻地把它掀了起来，像是知道我的手臂很疼一样。一看到我手肘上的淤伤，她的眼里便闪出了泪花。丹尼尔干的？她问。我点了点头。

哨声再次响起，我们没时间多说什么。我们慢慢爬出门，上坡跟其他同学会合了，没有人发现我们。历史课和科学课上，桑娅一直盯着丹尼尔。我很怕她会说些什么，让事情变得更加糟糕。不过她似乎知道我在想什么，一直闭口不言。午饭时间，我们又回了储物室。

我喜欢待在那里，那里安静、凉爽，还很隐蔽。我们坐在垫子上分享三明治，我给她讲了自己被打的经历。她咬咬嘴唇，摇了摇头，听到最过分的地方甚至咒骂起来。她说，我们得报仇。我说，算了吧。她说，可他说你是白痴，还打了你。我们必须得做点什么。我担心她是想告诉老师，不过她说，她哥哥会打得他满地找牙。她和我一样，知道告诉老师只会让事情变得更糟。我想象着丹尼尔被揍的样子，一时悲喜交加。我希望有人揍他，但更希望自己能勇敢起来，亲手来做这件事儿。

我们沉默了一会儿。我咬着面包皮，桑娅却一直盯着我衣服上的蜘蛛侠。她用手摸了下它，一脸疑惑的样子，我知道她想问什么。这一次，妈妈、外遇、爸爸、酗酒这些字眼再也不会大到说不出口了。

我几乎把所有的事情都告诉了她。她没有打断我，一直静静地听着，还不时地点点头。我和她说了爸爸扔到垃圾箱的酒瓶，和她说妈妈抛下我们和奈杰尔跑了。我告诉她，我以为妈妈忘了我的生日，却在第二天收到了礼物，开心极了。我在储藏室地板的灰尘里写下了妈妈在卡片上写下的话。桑娅附和着，她很快就会回来的。我给她解释为什么不能在妈妈看我前把T恤脱掉。她说她非常理解。

我说话时，一直盯着隐蔽小门透进来的金色光线。不过桑娅说话时，我却一直看着她的脸庞。她对我微笑，我也对她微笑。我们的手握在一起。我的胳膊有种烟火掠过的灼烧感。外面下起雨来，雨点敲打在房顶上，还没有我心脏的怦怦声大。我想看看桑娅的雀斑，便向前探了探身，一直盯着她嘴唇上的那个棕色圆点。这是迷信，她说，声音比以往高了一些。我又向她那边靠了靠，她呼出的气吹在我的脸上，感觉痒痒的。迷信，她低语道，大家都这么说。我的鼻子差点碰到她那三撮闪亮的头发。我说，迷信什么？她说，就像进了球的运动员总会穿着同一条满是汗渍的短裤出场，会带来好运。接着，我咯咯笑了起来，她的嘴唇一伸展开，上面的雀斑就不见了踪迹。

一时间，我们的脸贴得太近，我急忙起身，四处寻找足球。储藏室的角落里有一个，我轻轻踢了一下。桑娅说，和我说说你姐姐吧。球踢得过猛，一下子撞上了那扇隐蔽的门。我说，她有一头粉色的头发。桑娅说，我是说另一个姐姐。

桑娅是个穆斯林，而我姐姐正是死在了穆斯林极端分子的手里。我不知道该说些什么。我想撒个谎，可这样做不对，我真希望罗丝是淹死的，或是烧死的，这样就好解释多了。我大笑起来，这么想可真奇怪，桑娅也笑了起来，我们就这样笑得停不下来。

我们笑着笑着，我还是说出了那几个字：穆斯林极端分子杀死了我的姐姐。桑娅看上去并不惊讶，也没有说抱歉，或是像其他人一样佯装很难过。她说，这一点儿都不好笑，噢，这一点儿都不好笑。之后笑得更欢了。她双手紧抱着自己，黑色的脸颊上滚下了泪水。我也笑着，五年来，我的眼里第一次湿漉漉的。我觉得这没准儿就像心理咨询师说过的那样，这事儿早晚会刺痛你，让你号啕大哭。可我无论如何都觉得她指的并不是像现在这样笑到流泪。

第十一章

我喜欢信封的味道。我舔了五次，才把信封合上。我想象着妈妈在奈杰尔家打开这封信，抚摸着信封上干掉的口水，心里美滋滋的。法玛尔老师说，12月的家长日特别重要，爸爸妈妈都得来参加。她说，这是明年我上高中前，父母能和我最后一次好好谈谈。你们得让妈妈和你们一起来，别忘了也拽上你们的爸爸。

教室里摆了一堆邀请信，我从中间挑选了两个。我给了爸爸一封，又给妈妈寄了一封。我还在给妈妈的邀请信上放了张纸条，工工整整地写着：我会在我的新学校英国布雷思韦特教堂小学门外等您，12月13日下午3:15见。又及，别带奈杰尔来。我原打算告诉她我会穿着那件蜘蛛侠T恤，后来又打消了这个念头。我想给她个惊喜。

我把信丢进信箱，整个人兴奋不已。家长日是两周之后的事儿了，妈妈多的是时间来和安德鲁请假。她不想错过这个机会。妈妈总是翻来覆去地强调学校是多么重要，只要能考A，我想要什么都行。她说，现在好好学习，长大一定会有收获。12月13日之前，我会加倍努力，这样一来，法玛尔老师就会给我说不少好话。

寄了信后，我坐在邮箱旁边的墙上等桑娅。把爸爸留在家里，我心里有点过意不去，他早上还在问我想做些什么。他说，有什么安排吗？我差点被可可米噎着。我咳嗽了几声说道，打算去索尼娅家。他说，噢。听上去有些失望，让我觉得自己似乎做错了什么似的。我的确做错了，我要和穆斯林共进午餐，爸爸对此一无所知。他说，我以为我们能一起出去钓鱼呢。贾丝明喝了一大口茶，一下子烫到了舌头。我说，对不起。他说，好吧，五点前回来，我还给你们泡茶喝。贾丝明用手扇着舌头，嘴张得大大的，一副吃惊的样子。

和贾丝明大吵一架后，爸爸变得好多了。她什么都没说，不过我想，他一定是发现自己一直没有好好照顾我们了。他还会喝酒，但早上却滴酒不沾。他还开车送我们上学，这个月已经有四次了。他还会关心我的学习什么的，虽然他没怎么用心，我还是很高兴能讲给他听。我说，我踢进了决胜球，我们队成了联盟冠军。他说，你应该告诉我你参加了比赛，我一定会去观看。他的话让我既恼火又高兴。爸爸说这话时，贾丝明正在涂指甲。她摇摇头，朝我翻了个白眼，然后一直对着她的黑指甲吹气，好让它们早点干掉。

贾丝明觉得我的计划毫无意义，幸好爸爸有了好转。我告诉她，我给英国最大的真人秀节目报名处打了电话，还留了家里的地址，电视台的人会把面试信息寄给我们。她说，可你需要有才艺才能去参加真人秀。我说，你可以唱歌呀。她说，我可没罗丝唱得好。其实她比罗丝唱得好多了，她这么说让我很恼火。我拿到面试信息便去找了贾丝明。我把面试时间指给她看，1月15日，又给她指了指最近的面试地点，曼彻斯特皇宫剧院。她说，别再提这事儿了。我说，这没准儿会改变我们的命运。她说，别废话，滚出去。

我先看到了桑娅，她也看到了我。她向山下的邮箱跑去，头纱像斗篷一样在身后飞舞。要是眯起眼睛，还以为是哪个超级英雄从天而降了呢。周五的数学课上，我问桑娅她有没有摘下过面纱。她咯咯地笑起来，好像这个问题愚蠢透顶似的。她说，我在出门或是家里来人的时候才会戴面纱。我问，你为什么要把头遮起来？她说，《古兰经》规定的。我说，《古兰经》是什么？她说，就和《圣经》一样，基督徒和穆斯林在这一点上是一致的。他们都相信上帝，相信同一部圣典，只是名字不一样罢了。

桑娅冲到信箱前，抓着我的胳膊，把我拉上了山，一路上说个不停。我紧张得要命，我还从来没有去过穆斯林的家。在伦敦的时候，爸爸说穆斯林家一股咖喱的味道，我担心真的会是这样。我害怕她的家人在祷告，害怕他们用我听不懂的语言说话，害怕桑娅的爸爸正躲在卧室里做炸弹。爸爸说穆斯林只会做这种事情。桑娅的爸爸要真是恐怖分子，我还是会很惊讶。不过爸爸说绝不可以以貌取人，即便看上去清纯无辜，他们的头巾里没准儿都藏着炸药。

我们一进门，一条狗猛地跳到了桑娅身上。它黑白相间，长着一双长耳朵和一只湿乎乎的鼻子，它的小尾巴一摇起来，样子好笑极了。我松了口气，这条叫萨米的小狗看上去是个英国宠物，和穆斯林没什么关系。这条狗很正常。其他的东西也是一样。桑娅的家和我家看上去差不多。客厅里摆了一张奶油色的沙发，地上铺了一条漂亮的地毯，壁炉上摆的东西也没什么问题：照片、蜡烛、插满鲜花的花瓶，而不是姐姐们。整个房间里只有一幅画像是穆斯林的东西，上面画了一栋宏伟的圆顶尖塔建筑。桑娅说，这是穆斯林的圣地，叫作麦加。我大笑起来，我住在伦敦时，公寓旁的芬斯利公园里就有个叫这个名字的宾果游戏场。

厨房最有意思，我以为里面会充斥着香料味，还有各种各样的大银碗装着奇形怪状的蔬菜。可它却和我家厨房没什么两样，只是看上去更漂亮而已。橱柜上摆着一袋可可力，却连一个酒瓶都没有，垃圾桶里也只有垃圾的味道。

桑娅的妈妈做了巧克力奶昔，还在我的杯子里放了一根弯弯的吸管。她戴着一块蓝色的头巾，有着和桑娅一样闪亮的眼睛。不过她的肤色浅些，表情也不够丰富，看上去更加严肃。桑娅的脸瞬息万变。一分钟就能做出十种表情。她有时睁大眼睛、有时眯缝着眼睛，说起话来脸上的雀斑跳上跳下，眉毛扭来扭去。桑娅的妈妈冷静、友好、睿智。她的口音很重，桑娅却不一样。她叫我名字的时候，听上去却像在叫另外一个人。她一点都不像那种会嫁给投弹手的人，不过谁知道呢。

我们去了桑娅的卧室，在里面喝起了奶昔。我们渴坏了，因为我们不停地从床上跳到地上，看谁在空中停留的时间最长。我是蜘蛛侠，所以不但要碰着天花板，还要努力黏在上面。而桑娅是穆女郎，她必须抖动着头纱在地毯上方盘旋。结果，我们打了个平手。

一大片头发从桑娅的头巾里跑了出来，我还从来没见她露出过这么多头发。她的头发浓密光滑，比洗发水广告里那些把头发甩来甩去的模特强多了。我说，都是因为《古兰经》，害她把这么漂亮的头发遮起来，就像什么见不得人的东西似的，真是可惜。桑娅一口气喝光了奶昔，说道，我遮上头发并不是因为它有什么见不得人的，而是因为它是好东西。这真奇怪，我没有说话，对着奶昔吹了个巧克力泡泡。桑娅放下玻璃杯说，妈妈的头发只给爸爸看。其他男人都不能看。这样，头发成了很特别的东西。我问，像礼物一样？她说，没错，有点儿像。我说，我明白了。桑娅冲我笑笑，我也冲她笑笑。我正琢磨着要做点什么，桑娅的妈妈走进来说道，三明治。芝士三明治和火鸡三明治都被切成了三角形。可我吃不下去，桑娅的头纱像块粉红色的包装纸，不知道有朝一日，哪个家伙能打开它，我嫉妒极了。

桑娅嘴里塞满了面包，我一开始不知道她说了什么。她咽下面包说道，你想罗丝吗？19天来，我们第一次在储藏室外的地方提到她。我点点头，张开嘴，想像机器人一样说，想。可我突然发现，还从来没有人问过我这样的问题。人们总会说，你一定很想罗丝，或是，我猜你一定想罗丝了。却从来没有问我，你想罗丝吗？这似乎给了我选择的机会。我不再点头，临时改了卡在喉咙里的字眼，不想。我微微一笑，什么都没发生，世界也没有裂成碎片，桑娅看上去也并不惊讶。我又重复了一遍，声音也大了起来，不想。我觉得自己勇敢了不少，环顾四周说道，我一点儿都不想罗丝。

桑娅说，我也不想我的兔子。我说，它什么时候死的？桑娅说，两年前，补丁被狐狸吃掉了。我说，萨米几岁了？她说，两岁。补丁死后，爸爸给我买了萨米，他知道我很难过。这种事可不像恐怖分子能干得出来的。我经过她父母卧室去上厕所时，也没有任何炸弹的痕迹。

吃过午饭，我们爬上树，坐在树枝上随风摇曳。落叶在花园里打着旋，云朵在空中时隐时现，一切都那么新鲜、一切都那么自由，似乎地球不过是条坐在飞速行驶的汽车中的大狗，它把头伸出窗外，感受着迎面吹来的风。我问桑娅，她爸爸是不是英国人。她说，他出生在孟加拉国。我说，那是在哪儿？她说，印度附近。我想象不出那个地方的样子，因为我去过最远的地方不过是西班牙的阳光海岸，那里比英国天气热，但区别不大，到处都是供应英式早餐的咖啡馆，一连两周，我每天都能吃到香肠和番茄酱。我又问，那里是什么样的呢？她说，不知道，我爸爸更喜欢这里。我说，他为什么要来这儿？她说，我爷爷1974年去了伦敦找工作。这份工作找得可真远。他不能去孟加拉国的人才市场找工作吗，我问。桑娅大笑起来。我突然想知道她的一切，问题一个个地涌进我的脑袋，跑到我的嘴边，第一个冲出来的便是，你们家怎么定居到湖区来的？桑娅说话时，耷拉在树枝下的腿一前一后来回晃动。我爷爷让爸爸好好学习，别惹麻烦，考上离伦敦最远的医学院。我爸爸去了兰卡斯特大学，在那里遇到了我妈妈，他们结婚后就搬到了这里。他们一见钟情，她补充道。她转过身看着我，腿突然停了下来。我脑中的问题瞬间蒸发不见了，就像科学课上学过的水蒸气一样。一见钟情，我重复着。桑娅点点头，冲我微微一笑，从树上跳了下去。

我五点前准时回了家。我一走进小屋，罗杰立刻跑了出去，像是一直在等人给它开门似的。走廊里浓烟密布。我走进厨房，爸爸说，希望你们喜欢酥脆口感的。他摆好桌子，点了支蜡烛。贾丝明早就坐在桌子边上了，她的头发乱糟糟的，样子很奇怪，脸上还挂着大大的笑容。真不敢相信。爸爸居然给我们做了烤鸡，虽然鸡皮都烤煳了，可我一点也不在乎。

烤土豆太油、肉汁太咸、蔬菜太软，我却吃了个精光，好弥补贾丝明一口没动的事实。要不是约克郡布丁粘在了烤盘上，我也会吃掉它们。我们在一起很开心，爸爸还第一次用桑娅来逗我。他说，你知道杰米有女朋友吗？贾丝明倒抽口气说，不知道。爸——爸——我撒着娇，不好意思地说，却还是没能阻止他。爸爸又说，她叫桑娅，好像挺不错。贾丝明清了清嗓子，我知道她要说什么。我埋头啃着鸡腿，就像小狗萨米一样。她说，既然说起这事儿，我想和您说件事儿。爸爸放下了叉子。我有男朋友了。

很长时间都没人说话。爸爸一直盯着桌子看个没完，贾丝明用餐刀把胡萝卜一片片切开，我用手蘸着盘子里的肉汁。我正要把肉汁舔干净，爸爸头也没抬地说，好吧。贾丝明尖声说，好吧？爸爸又叹着气说，好吧。我感觉自己被冷落了，于是也说了声好吧。不过没人听到我的话，贾丝明跳起来搂住爸爸，我还是第一次见她抱爸爸。贾丝明的脸涨得通红，高兴得不得了。爸爸却很难过，我也不知道为什么。

洗碗时，贾丝明高兴地哼着歌。我擦着盘子的手停了下来，盯着她说，你的声音真的很好听。她回答说，我才不会去参加那种垃圾比赛。我说，我知道。她说，给我说说你的女朋友。我想着桑娅脸上的雀斑，想着她闪亮的头发，想着她明亮的双眼，想着她大笑时的嘴唇和褐色的手指，情不自禁地说，她很漂亮。贾丝明假装对着水槽呕吐，我用洗碗布抽了她一下，我们便哈哈大笑起来。爸爸走进厨房放锅，让我们不要这么淘气，我们就像正常的家庭一样，这一刻，我第一次没有那么想念妈妈。

第十二章

小屋外繁星闪烁，万里无云，一轮圆圆的月亮挂在天上，看上去好像一杯牛奶。我指给罗杰看。它跟着我出了门，坐在我的腿上，用它聪明的绿眼睛望着夜空。我们两个都睡不着，我真高兴它能一直陪着我。我把手伸到它的毛里，感觉暖暖的。它的心脏抵在我的膝盖上，我能感觉到它怦怦直响。晚上很冷，却有种神秘的味道，就像那间储藏室一样。两天前，我在桑娅的卧室里看到了一床羽绒被，不知道她现在是不是正躺在里面睡觉。想着桑娅，一股罪恶感涌上心头，我摇摇头，眨了三下眼睛，盯着池塘看了起来，突然想起那块刻有戒律的石碑，想当年上帝把它扔给了古怪的摩西。

法玛尔老师今天说，我们要是想上天堂，就得遵守《十戒》。她说，上帝在石头上刻下它们，并把它们给了摩西，我们每个人的生活都应该遵守这些戒律。我起初并没有好好听，说实话，我觉得天堂听上去不怎么样。据我所知，天堂上挤满了唱着圣歌的天使，那儿的光线好得过了头，下葬的时候，我一定得带上几副墨镜。法玛尔老师接着说，第五条戒律最为重要：尊重父母。我突然感到很难过。和穆斯林共进三角三明治真是一点儿都不尊重爸爸。

桑娅把手举到空中，手腕上的镯子叮叮当当响个不停。老师还没叫她，桑娅就脱口而出，破了戒会怎样？别插嘴，老师一脸不悦地说。会下地狱吗？桑娅继续问道，她睁大眼睛，一脸无辜的样子。那儿有魔鬼吗？法玛尔老师脸色苍白，她双臂交叉在胸前，看了眼通知栏上的云朵，又望了望丹尼尔，她想起了画魔鬼的事儿，气得咬紧了牙。丹尼尔满脸通红，他瞪着桑娅，似乎桑娅旧事重提，倒是让他吃了一惊。桑娅没有理他，她挠着太阳穴说，一副冥思苦想的样子。她甜甜地说，魔鬼长什么样呀？大家哄堂大笑起来。桑娅没笑。她依然睁大眼睛，好奇地望着老师。丹尼尔的脸涨得通红，张大的嘴看上去像个黑色的大圆圈。够了，法玛尔老师说。她的声音很奇怪，这两个字还是从她紧咬的牙缝里挤出来的，让我想起被咬碎的奶酪。我们来看下其他的戒律。

桑娅冲我眨眨眼，我也眨眼回应了一下。不过第五条戒律让我有种罪恶感。尊重你的父母。上帝是这样说的。可我此时正在给一个穆斯林使眼色，像是根本不在乎爸爸会生气一样。我突然发现，我的天使是否能向上跳过每一朵云，抵达展示栏上方的天堂一点儿都不重要。即便真有什么天堂，而不是这种用金色卡纸剪出的东西，我也一定上不去，我正在破戒。不知道为什么，这让我想起罗丝，想着她孤苦伶仃地待在天上，我一整天都闷闷不乐，无法入睡。

灌木丛沙沙作响，罗杰从我腿上一跃而下，肚子抵着长长的杂草消失在浓浓的夜色中。我探身望着池塘，想从银光闪闪的水中找到我的小鱼。它独自藏在一片睡莲叶子下，我伸手划了下水面。它游到我的手指间，把它们当成了食物啃咬起来。我在想，它的家人都去哪儿了？也许，它的爸爸妈妈死了。也许，它们在另一片池塘，却把它赶了出来，只因为它和癞蛤蟆或是其他异类做朋友。尽管我知道是自己在胡思乱想，但还是为我孤独的老朋友小鱼难过，我陪了它很久很久。要不是有只兔子尖叫起来，我可能整个晚上都会陪在它身边。

我捂上耳朵，紧闭双眼，却还是挡不住兔子尖厉的叫声。那之后，我只知道罗杰回来了，它用脑袋磨蹭着我的手肘，我的膝盖旁边还多了一只死兔子。我不想看，却控制不住我的眼睛，就像你无意中发现别人的脸上粘着食物或有块胎记，会不由自主地盯着看一样。死了的兔子还很小。它的身体不大，皮毛松软，一对耳朵和新的一样。我想摸摸它的鼻子，可每当我的手指靠近它的胡须，我的身体就像触电了一样猛得偏向一边。我不想把兔子丢在那里，一副没人理睬的样子，可我不敢碰它，最后只得用两根树枝当筷子，夹着兔子的一只耳朵，把它从池塘边扔到了灌木从中。掩埋这种事令我作呕，我只拿了些玻璃、树叶和其他能找到的东西把它盖了起来。罗杰在我边上咕噜咕噜地叫着，似乎它不是什么谋杀犯，不过是个普通的宠物而已。

我蹲下来看着罗杰的眼睛，给它讲了第六条戒律。不可杀生。罗杰咕噜咕噜地更大声了，它翘起尾巴，一副骄傲的样子。它根本没懂，我生平第一次生它的气。我让它回屋，当着它的面关上了卧室的门，然后逼自己入睡。

# # #

法玛尔老师把《十戒》粘在了我椅子对面的墙上，这下无论我多么努力，都不可能忘掉第五条戒律了，这无异于把爸爸的眼球钉在展示栏上盯着我一样。

一上数学课，桑娅就一直悄悄问我怎么了？我总是说没什么。可我只要一看她，就会想到罗丝孤苦伶仃地坐在云朵上。最后，她说，好吧，然后问我有没有想好新的报复计划。桑娅的哥哥觉得去揍一个十岁的孩子不好，所以我们得想别的办法。她特别想打败丹尼尔，可我并不想。她不停地说，要不给他点颜色瞧瞧，他还会继续欺负我。可我不这么认为。丹尼尔争强好胜，他现在赢了，就不会对我感兴趣了。他已经很久没有欺负过我了。一连22天，他都没有踢我、没有打我，也没有叫我白痴。他甚至都没再恶狠狠地看过我。一切都结束了，我输了，这没什么。

好吧，也不是没什么，可我赢不了，那就当个了不起的失败者吧。温布尔登有个网球运动员，他无数次晋级决赛，却从未拿到过冠军。人人都说，他是位绅士，拥有了不起的运动家精神，因为他总会微笑着耸耸肩，欣然接受自己是排名第二的网球选手。我也欣然接受自己是个失败者，要是我非去打败丹尼尔，我一定会输，还会被揍得鼻青脸肿。

数学课上到一半，法玛尔老师说她有重要的事情宣布。她的下巴颤抖，痣上的毛跟着抖动起来。她尖声说，英国教育标准局下周要来，脸突然苍白了不少。听上去，就像英国教育标准局是支部队似的。我在想，他们会不会配枪。法玛尔老师说，他们是督察员。丹尼尔把手举向天空说道，我爸爸是警局的总督察。法玛尔老师说，别炫耀了。桑娅故意大声笑了起来。法玛尔老师说，这些督察员可不是警察局派来的。他们是来考察学校的专家，他们给学校打分——非常好，不错，还可以，很糟糕。她的脸色越来越苍白，没有颜色的双眼似乎都要消失不见了。他们会来听我的课，我们必须让这些督察员看到我们良好的表现，这点非常重要。做听话的好孩子也很重要。他们没准儿会问你们问题，重要的是，你们必须得有礼貌，得聪明，说点儿我们班的好话。桑娅咧着嘴笑了，我知道她在想什么，我想回以微笑，却没有笑出来。

课间休息时，我在厕所里待了12分钟来尊重爸爸。我把手放在烘干机下，当它是个会喷火的怪物。我的手被火灼伤，火焰烫得要命，我很坚强，忍着剧痛不曾大呼大叫。这个游戏不错，可我更喜欢和桑娅坐在长椅上，更喜欢和她走进那扇秘密小门。可我不能再那样做了，要是天堂真的存在，罗丝孤苦伶仃地待在那里，我不能去陪她就太过分了。所以，我得讨好摩西，遵守《十戒》，才能进入天堂。遵守每一条戒律。包括第五条。

# # #

上次和桑娅说话，已经是两天前的事儿了。自从爸爸给我们做了烤鸡，他每天都会送我们上学、给我们泡茶，我觉得我这么做是对的。尽管这并不容易。就像电影里的那些瘾君子，除了满脑子想着药片什么都做不了，他们越是得不到药片，就越是想得到它们，直到他们发了疯，跑去抢超市的东西换钱。我可不是想去抢学校的小吃部或是其他什么地方。周三和周五的课间，小卖部的柜子里都会装满巧克力，我觉得，就算把那里所有的巧克力都给桑娅，她也不会愿意再做我的朋友了。我不再理她，她也不理我了。今天，我在抽屉里发现了那枚蓝丁胶戒指。现在轻松多了，我们不再是朋友。可我更喜欢她不停地问我怎么了，问我为什么变得这么奇怪，至少那样，我还能听到她的声音。

里奥今晚来家里喝茶。爸爸做了比萨。其实比萨是买来的，爸爸切了些，又倒了罐菠萝罐头在上面，成了多汁比萨。妈妈以前就是这样做的。大家围坐在桌边，话却不多。爸爸不理里奥，而里奥看上去很紧张、很稚嫩，和我在走廊里见过的那个大男孩判若两人。我知道贾丝明很尴尬，她不停地问我问题，可她分明知道答案。她说，足球踢得怎么样？可我上周才告诉过她，圣诞节前，我们什么比赛都没有。她接着又问，你们校长怎么样？可她比我还了解我们的校长，她还和他通过电话。我尽可能地回答了所有的问题。我知道，她只是想弄出点动静，好盖过餐叉剐蹭餐盘的声音，盖过爸爸对着里奥的绿头发的叹息声。

喝完茶，里奥不停地说谢谢，说太好吃了，就像我们请他吃的是大餐，而不是从超市买来的比萨一样。爸爸嘟囔了几句，我听不清他说了什么，我很恼火，爸爸对里奥太不好了。贾丝明拉起里奥的手，想把他拽上楼梯，爸爸的眼珠都快掉出来了。他指着客厅说，别上楼。贾丝明的脸涨得像全英式早餐里煮熟的番茄一样。我替她难过，可我要尊重爸爸，所以什么都没说，只是帮着爸爸刷着碗盘。他使劲刷着，泡沫都溢出了水池，我想问他为什么这么生气，却没敢开口。我和他说起摩西和那块石头，可我还没说完，他就走出厨房去拿啤酒了。

第十三章

我昨晚梦到了桑娅。我一直央求要看她的头发，我伸手去抓她的面纱，她一低头跑开了，还把头纱缠在了头上。我再次一遍遍地央求她，不停求她，我变得越来越绝望，每一次我央求她，头巾都会变得越来越紧，她的脸被包裹得越来越小，直到只剩下了一只眼睛。那只眼睛不再闪亮，却一直盯着我，然后突然成了一张嘴，说道，回你的伦敦去。我从梦中惊醒，浑身是汗，头发也黏糊糊的，我太想桑娅了，心好疼。

开车送我们上学的路上，爸爸说，不行。贾丝明生起了闷气。她不停地说，你说过可以的。爸爸说，我是说可以有男朋友，不是约会。她说，我们只是去看场电影。他说，里奥染着绿头发。贾丝明说，那又怎样？爸爸说，太奇怪了。贾丝明回道，一点儿都不奇怪。我也觉得没什么好奇怪的，可我没有说话。爸爸说，染头发的男孩儿都有点儿——他顿了顿。贾丝明怒气冲冲地盯着他。到底有点儿什么？她嚷道。我祈祷上帝能再扔下一块石头来砸晕爸爸，好让他闭嘴。他说，有点娘娘腔。她说，你是说同性恋？爸爸回复道，这可是你说的，不是我。

而后便是一片沉默。一路上都没人说话，直到贾丝明说，停车。爸爸说，别傻了。贾丝明大叫道，停下这该死的车。爸爸停下车，后面的车开始按喇叭。贾丝明跳下车，砰地关上车门，开始大哭起来。爸爸大吼着，车窗也蒙上了一层雾气。后面的车又按响了喇叭。爸爸看了眼后视镜，说道，我在自己的国家里用不着别人指手画脚。我擦擦车窗玻璃向后望去，桑娅和她妈妈坐在车里。爸爸迅速开走了，把贾丝明一个人留在雨中。他不停地在说巴基佬，说他们不出去工作，每天只知道坐在家里靠政府津贴生活，却要炸死养活他们的这个国家。

我们绕过拐角，差点撞到了一头正在路边吃草的绵羊，第九条戒律突然出现在我脑海中，我陷入沉思，再也听不到爸爸在胡言乱语些什么了。不可以作伪证来陷害别人。昨天，法玛尔老师问我们这是什么意思，丹尼尔举起手说道，不要说邻居的坏话。

我端坐在椅子上。不要说谎。我的心跳得很快。不要说邻居的坏话。收音机响起来，里面的音乐吵得要死，可除了爸爸说过的谎，我却什么都听不到。穆斯林都是杀人犯。他们懒惰至极，根本不好好学英语。只会躲在卧室里做炸弹。我的心突然停了下来。爸爸一直在作伪证。桑娅家离我们家只有两英里远。所以他破了戒，戒律上说，不要说邻居的坏话，这和不要说隔壁邻居的坏话是两回事儿。

车停在了学校门口，爸爸说，下车吧。我点点头，身体却没有动弹。爸爸一直在作伪证。快点儿，他看着雨刷器来回刮着挡风玻璃上的雨水说。我解开安全带，爬出了车。爸爸连再见都没说就开走了。看着车子飞驰进车道，我向着天空举起中指。两枚戒指都套在我的中指上，白色和褐色的石头差点碰到了一起。我诅咒上帝，我诅咒摩西。而后斜着手指诅咒爸爸。破了第五条戒律，感觉真不错。车子转过拐角不见了踪迹，我跑进学校去找桑娅。

法玛尔老师说，快到圣诞节了，我们要为耶稣的生日做准备了。大家抱怨起来，我看得出来，这里和我之前的学校完全一样。在伦敦，我们每年12月都要给爸爸妈妈表演耶稣在马厩里出生那一段，一遍又一遍地观看同一段表演，他们一定烦透了。到目前为止，我演过绵羊、演过毛驴的屁股、演过伯利恒之星，却从来没有演过人类。法玛尔老师说，了解圣诞节的真谛十分重要。我悄悄唱起歌来，我们是莱斯特广场的三位国王，叫卖着女士内衣，这内衣太棒了，弹性不错，来买一件吧。可是桑娅一点儿都没有笑。

法玛尔老师说，我们要从耶稣的角度来写上帝诞生的故事。我觉得这太荒谬了，牧羊人窥探马厩时，除了玛丽的子宫，一大堆干草和几个毛茸茸的鼻孔，耶稣根本看不到其他的东西。可她接着说，这是你们本年度最重要的表演。我希望你们能全力以赴，我好给你们打个高分，在家长日拿给你们的父母看。我一口气写了四页纸，法玛尔老师才说放下笔吧。妈妈一定会喜欢的，特别是那段描写：玛丽的子宫在天使加百利散发的光芒的照耀下发出了鲜红的光。在我的故事里，我把天使加百利塑造成了女性，因为爸爸没准儿会在家长日读我写的故事，要是他觉得绿头发的男孩就是同性恋，真不知道他看到男人长着翅膀又会说些什么。

我从草稿本上撕下一页纸，匆匆忙忙地给桑娅写了张纸条：课间在储藏室见。我还在纸条上画了个微笑着的尖角魔鬼。她看了纸条，却面无表情。一能出去活动，我立刻跑到小卖部。我没有用枪逼着威廉姆斯夫人交出所有的巧克力或是其他的零食。我买了一块吉百利巧克力，因为它最便宜。然后，我冲出小卖部，钻进了那扇隐蔽的门。

我来来回回地扔着网球，扔到第51次时，才发现桑娅根本不会来了。我很生气，她居然不理我。我撕开吉百利，准备张大嘴咬下一块，却又停了下来。我馋得口水直流，可还是把巧克力包起来塞进了袜筒里，因为我裤子上没有口袋可以装它。数学课上，我又给桑娅写了张纸条，让她午饭时去储藏室找我。这一次，我还在纸条上写了请字。另外，我给你准备了份惊喜。好让她能来找我。

我坐在一个足球上吃掉了三明治。足球滚来滚去，很难保持平衡，结果我一不小心把一块儿面包皮掉到了地上。一有什么响动，我的心就怦怦直跳，右腿抽筋，口干舌燥，根本咽不下去面包。即便没有任何动静，我也依然如此。我目不转睛地盯着渗进光线的门缝，真希望它能越来越大，然后桑娅就会出现，成了阳光下的一个人影。可门把手没有转动，门依然紧闭着。

我一把抓起网球拍，猛地把球打向墙面。我又打了一次，然后不停地将球打向墙面。每一次都比之前更快、更用力。汗水从背上淌了下来，我喘着粗气。有人拍了一下我的肩膀，我没有接到球，它猛地砸在了我的脸上。桑娅说，你还好吧？我知道我应该很疼才对，可见到她我太高兴了，根本感觉不到疼痛。

我点点头，把她给我的戒指从中指上摘下来递给她。她盯着戒指看了很久很久。我说，戴上它吧。她说，这是那个吗？我说，哪个？她摇摇头走开了。她走到门口，我大喊着说，别走。她说，为什么？我说，有惊喜。我拉下袜筒，把吉百利递给了她。

她脸上的表情，就和罗杰带回死兔子时我甩给它的表情一模一样。她仰起头，冲出储藏室，当着我的面砰地关上了门。墙面摇晃起来，一切都变得黯然无光。我低头看着自己的手。吉百利被压成了泥，黏糊糊的，上面还粘了些白色的东西。

我的钱花光了，再也买不了别的东西了。所以，我只能在储藏室里给她找份礼物。可唯一一个看得过去的礼物是把标枪，我没法偷偷把它拿出去，标枪这么大，胖厨娘一定会发现的。自己待在储藏室里无聊透顶，于是，我走出去淋雨，一眼便看到了一个黄色的东西。我有主意了。

再有10分钟，午餐时间就结束了。我把新惊喜藏在背后，绕着操场到处找桑娅。我看见她和丹尼尔待在一起，有那么千分之一秒，我嫉妒极了，可后来却发现，他们原来在吵架。我没有走过去，害怕激怒丹尼尔，再被他打。但我听到他说，咖喱细菌，逃跑前就已经臭死了。我走到桑娅身边。我的手心湿透了，心脏抵着肋骨跳上跳下，就像小狗萨米一样。我说，当当当，然后拿出了刚刚摘给她的花。虽然大都是蒲公英，但看上去真的不错。我吃了一惊，桑娅居然哭了。

桑娅很坚强，她是穆女郎，是阳光、是微笑、是光芒。可今天的桑娅却像变了个人，我心中的小狗垂头丧气地耷拉着尾巴。眼泪顺着她的脸颊一滴一滴地流下来，她抽泣着，紧紧地咬着颤抖的嘴唇。我说，你想要这些花吗？我的声音大得吓人，像是在生她的气。而实际上，我只是生丹尼尔的气，他把桑娅弄哭了，还毁了我给她的惊喜。桑娅从我手里夺过花，一下子扔在地上，使劲儿踩了起来，还用脚揉搓着花，花瓣把整个操场弄得脏兮兮的。她喊道：我才不想要你愚蠢的花，也不想要你愚蠢的巧克力。我不知所措，我实在想不出还能送她些什么。于是我说，好吧，那你想要什么呢？她大叫着说，你说对不起。

我看着她，认真地看着她，她怒气冲冲地瞪着我，伤得很深、很真切。突然之间，我眼里闪现出对她做过的所有坏事，耳朵里也充斥着对她说过的所有脏话。我记得她给我戒指时，我跑开了。我记得在校长办公室外对她说，别理我。我记得万圣节我甩下她不管，足球比赛后让她闭嘴，去过她家后却又无缘无故对她不理不睬。好吧，不是无缘无故，那会儿我正忙着为进入天堂做准备，可这个借口糟透了。

我抓起她的手，丹尼尔大喊着，娘娘腔蜘蛛侠抓着咖喱细菌的手。但我没有理他。我说，对不起，我真心道歉。桑娅点了点头，却没有对我笑。

第十四章

我问桑娅要不要和我一起走回家，可她却说，不，谢谢。她又成了我的朋友，因为地理课上，她让我用她的水彩笔给地图涂色，但感觉却不一样了。我给她讲了三个笑话，包括史上最搞笑的敲门笑话，可她却没有笑。历史课上，我递给她蓝丁胶戒指，她把它放进了铅笔盒，没有戴在手指上。

我走了很久很久才到家，我的双脚和书包比以往任何时候都要沉重。我还有两分钟就能走进农舍，罗杰从灌木丛跳了出来，我也和它说了对不起。捕猎是猫的天性，我不应该因为它猎杀了小动物而生气。它跟着我回了家，我们一起在门廊上坐了很长时间。我的后背靠着大门，罗杰的后背贴着地板，四只橘色的爪子举在空中。我晃动着一根鞋带，罗杰伸着爪子边玩鞋带边喵喵直叫，似乎早把我甩门的事儿抛在了脑后。我真希望女孩也能像猫一样单纯。

我进了屋，感觉里面和平时不太一样。空寂、黑暗。雨水打在窗户上，暖气片冰凉冰凉的。厨房里没有正在烹饪的食物，爸爸也没问我今天过得怎么样。尽管爸爸不过只问过我几回而已，我却已经习以为常。这片灰暗的寂静吓了我一跳。我想喊爸爸，却担心没有人理我。于是我吹起口哨，打开灯。我很怕会在厨房的桌子上找到张字条，上面写着：我再也受不了了。还好桌上没有纸条，不过爸爸也没在厨房里面。

这时我注意到地下室的门敞开着，不过不大。只有一条缝。底下漆黑一片，我打开了灯。什么事儿都没有。我脑子里一直想着《追命传说》的情节，便从厨房抽屉里拿了把木勺，以防万一。我又意识到，木勺可对付不了钩子，于是把木勺换成了瓶塞钻。我走下第一级台阶，水泥地冻得我脚趾生疼。爸爸，我轻声呼唤。没人回答。我走下第二级台阶。我看到地下室深处有一束光线，像是手电发出来的。爸爸，我再次喊道。你在下面吗？有人喘着粗气。我慢慢把脚移到第三级台阶上，我再也忍不住了，向下冲去。

家里进贼了。这是唯一可以说得通的解释。我甚至看不清地下室的地板，因为上面摆满了各种各样的东西。照片、书、衣服、玩具，爸爸的腿悬在一个大盒子外面。它们是怎么进来的？我站在最后一级台阶上保持着平衡，因为实在无处下脚。我没有看到打破的窗户。谁干的？爸爸正好靠在箱子里，我第一次发现箱子上写着字：神圣。爸爸在箱子里翻来翻去，似乎找到了什么，他把它抛过头顶扔到地上。原来是您干的，我自问自答地轻声说。

爸爸从纸箱里探出身来。手电的光打在他脸上，他看上去面色苍白，黑头发都竖了起来，脏兮兮的衬衫上挂着一枚徽章，上面写着：我今天七岁了。找到了，他边说边在空中挥着一幅油画。画得真好，是吧？我想说不怎么样，这都算不上一幅画，不过是皱巴巴的纸上的五个圆圈而已。不过我没有说话，点了点头。它们可真小，詹姆斯。快看看它们有多小。

我跨过一只泰迪熊、一条粉色的小裙子和一张老旧的生日卡片，可卡片上的徽章不见了踪迹。我向前探了探身。纸上的五个圆圈原来是几个手印。两个大手印里写着爸爸和妈妈，两个小手印里写着贾丝明和罗丝，一个更小的手印里写着我的名字。五个手印围在一起，把一个心形圈在了中间。有人在心形里写着父亲节快乐。应该是妈妈写的，因为每个字都很工整。

这幅画的确不错，可亲吻它还是有点过分了。爸爸的嘴唇贴在贾丝明的手印上，又移到罗丝的手印上，而后又回到贾丝明的手印上。它们可真小，他抚摸着贾丝明的手指说。我想说，和我的比起来大多了，因为我的手印才是最小的。可爸爸哭出了声，我只好把话憋了回去。多好的名字，他的声音颤抖，搅得我心烦意乱。贾丝明和罗丝。他轻轻地摸着双胞胎的小手印。我想她们的时候就会来看看这幅画。我觉得很奇怪，说道，贾丝明明明还活着啊。爸爸没有听见，他的头埋在手里，肩膀一直抖个不停。

我好想哈哈大笑，因为爸爸一直不停地大声打嗝。我强忍着不笑出声来，脑子里不断地想着战争，以及没吃任何东西肚子就大得要命的非洲孩子，好让自己难过一些。爸爸嘴里嘟嘟囔囔的，可他一把鼻涕一把泪的，我只听到了永远和我的小女孩两个词儿。贾丝明长大了，她很漂亮，染着粉色头发，身上还打了不少洞，要是爸爸希望她的女儿一直停留在10岁，就会错过现在的一切。

贾丝明11点才回家，所以她平时的活都落在了我身上。爸爸把厕所吐脏了，我清理了厕所，还把爸爸扶上了床。他把那幅画放在枕头上，用被子盖上。我的肚子绞痛起来。他很快睡着了，一打呼噜，整张脸跟着颤抖起来。我倒了杯水放在他床边。我站在边上，认真盯着爸爸看了五分钟，然后回了卧室。我坐在窗台上，手里拿着英国最大的选秀节目的面试信息。罗杰的喉咙抵着我的脚趾，咕噜咕噜地叫个不停，我觉得暖暖的，麻麻的。信上写着：来曼彻斯特改变自己的命运吧。我想象着和贾丝明一起走进剧院，登上舞台，在无数的电台摄像机前为评委唱歌。我看到妈妈坐在观众席上，爸爸就陪在她身边，他们手挽着手，骄傲极了。他们忘记了所有的争吵，忘记了罗丝的一切，贾丝明长没长大、有没有变化一点儿关系都没有。比赛一结束，妈妈就给奈杰尔打电话说，我们分手吧。她甚至还叫他浑蛋。我们都大笑起来，一家人一起上车回了家。爸爸扔掉了酒瓶。妈妈说，你穿这件T恤真不错。我终于可以脱掉T恤，换上睡衣。我躺在床上，妈妈给我盖上被子。168天前，妈妈和互助小组上的那个男人私奔了，在那之前，妈妈一直都是这样照顾我的。

法玛尔老师穿着一身黑色西装进了屋，可西装太小，一点都不合身。她的肚子挂在裤子上面，看上去像块湿乎乎的白面团。她说，早上好，亲爱的孩子们。听上去完全像变了个人，太温柔，太和善了。她说，让我们先活跃活跃思维。我们全得站起来，用手臂做起各种奇怪的动作，好让大脑的不同部位努力工作起来。我琢磨着，法玛尔老师一定是疯了。这时，一个拿着写字板的人走进教室。法玛尔老师说，这位是普莱斯先生，他在英国教育标准局工作。

法玛尔老师在黑板上写下学习目标这几个字，然后不停地介绍我们今天早晨的学习目标。我知道，她想给普莱斯先生留个好印象，因为她不时瞥一眼他，可他笑都不笑。普莱斯先生长着纤长的手指和长长的下巴，一副眼镜刚好架在他长长的鼻子上。我们又开始讨论耶稣，两人一组用黏土捏出耶稣出生的场景。一个人负责捏出人和摇篮，另一个人则负责捏出马厩和动物。

桑娅捏出了牛、羊和一只胖乎乎的动物，可能是头猪，只是头上却长着角。法玛尔老师走过来，仔细看着桑娅捏的动物小声说，这到底是什么？桑娅说，犀牛。法玛尔老师侧头看了眼普莱斯先生，确定他没有向这边看，一拳就压瘪了那只动物。压瘪的犀牛散落在桌子上，桑娅眼睛闪烁着骇人的光芒。上帝耶稣又不是在动物园出生的，法玛尔老师低声说。桑娅说，您怎么知道的？英国教育标准局的督察员走到我们桌前问道，你在捏什么呢？桑娅张开嘴，还没来得及回答，法玛尔老师大喊着说，羊。你在捏羊，对吗亲爱的？桑娅什么都没说，可她把一小块黏土捏成了一个尖尖的香肠，像极了动物的角。

法玛尔老师走开了，她看着其他几组的情况，时不时问，你们做得怎么样了？捏得不错。需要帮忙吗？这太奇怪了，她平时只会坐在讲桌后面喝咖啡，根本不管我们。丹尼尔和莱恩捏的马厩、动物和耶稣宝宝都棒极了，普莱斯先生走过去和他们交谈。丹尼尔不停地夸法玛尔老师，法玛尔老师假装没有听到，可她的嘴唇抽动了一下，显然是在掩饰脸上的笑容。丹尼尔望了眼法玛尔老师讲桌边上的显示屏，就像知道自己的便利贴马上就能升到第二朵云了似的。桑娅摇摇头，捏出了更多的角。我想知道，她还想在耶稣的摇篮边摆上哪些动物园里的动物。

快下课时，法玛尔老师脱下外套，露出了腋下的两大块儿汗渍。她说，做得不错，亲爱的孩子们。请把你们的马厩放在前排桌子上，我会在休息时间把它们烤好。普莱斯先生说，我还会回来看下成品。法玛尔老师看上去有点不知所措，不过她还是说，太好了。督察员走出了教室，法玛尔老师猛地坐到椅子上，说道，把这儿收拾干净。她的声音变回了原样。

桑娅把我们做好的马厩拿到前面，弯腰观察着其他人的作品。她在教室前面待了很久，我只好一个人把桌子收拾干净。要不是在努力讨好她，我一定会生气的。收拾干净教室以后，我们可以去操场玩了。可是桑娅钻进女厕所不见了。直到胖厨娘吹哨，她才出来。

我们上英语课时，烤箱里一直烤着我们做好的耶稣。法玛尔老师不时地望望教室大门，似乎觉得督察员随时会进来一样。我们写了首诗，叫作《我的神奇圣诞节》。法玛尔老师要求我们把自己期望的所有美好事物都写进去。我不知道该写些什么。圣诞节时，总是妈妈买来圣诞树装扮家里。也是妈妈做好火鸡，把桌子布置得漂漂亮亮，在上面摆好蜡烛和拉花彩带。妈妈还会戴着从圣诞拉炮里搞到的滑稽皇冠。妈妈不在了，圣诞节就没了，所以我没什么好写的。

法玛尔老师说，快点儿，詹姆斯。我只得乱写一气。我想象着最棒的圣诞节，动笔写了起来。我描写了火鸡散发出的温暖的气味和教堂的钟声，描写了跟漂亮的双胞胎姐姐一模一样的笑脸。除了芬达，我想不出还有什么词儿可以和圣诞老人①押韵，可芬达不是我最喜欢的饮料，我在第二节已经写了。不过整首诗不过是个大大的谎言，喜不喜欢芬达更是无足轻重。

我还是第一次见到桑娅不知从何下笔，只写出了四行。我轻声问，怎么了？她说，我不庆祝圣诞节。我不知道该说些什么，

① 英语中，圣诞老人（Santa）和芬达（Fanta）押韵。——译者注

因为我无法想象出没有圣诞节的冬天。我只在《纳尼亚传奇》里，见过白女巫阻止圣诞老人去给河狸送礼物。桑娅说，我真希望能和大家一样。这时，普莱斯先生走了进来。

黏土烤好了，法玛尔老师把它们从烤箱里拿了出来。我们一围过来，她便说，小心点儿，很烫的。普莱斯先生从写字板后探出头来，开始观察它们。我们的马厩看上去不错。除了玛丽的个头比约瑟夫大，耶稣的胳膊和右腿掉下来让他像只蝌蚪以外，一切都很不错。动物的头上都没有角，我很好奇，桑娅捏的那些尖尖的香肠跑哪儿去了。这时，普莱斯先生倒吸了口气。我沿着他的目光看到了丹尼尔的马厩。待在马厩里的动物的额头上都多出了一个角。不单是动物，玛丽、约瑟夫，甚至连耶稣宝宝的两眉之间也多出了一个角。我看了看桑娅。她一脸无辜，可眼中却满是怒火。那些尖尖香肠一点儿都不像角，倒像是小鸡鸡。我捂住嘴，强忍着不笑出声来。我不敢看丹尼尔，以防他找我麻烦，不过在心里默想，这下看谁才是白痴。

普莱斯先生走出教室，他的脸颊发黑，在写字板上记了些不良的评语，他纤细的手指夹着钢笔，一直抖个不停。丹尼尔没遇到什么麻烦，因为法玛尔老师没有证据是他干的。不过无所谓。我们报复成功了。午饭时，我们全班都得待在教室里，因为无论什么理由，我们都不能亵渎上帝之子。大家都很生气，只得眼巴巴地看着雪花从天而降，看着其他班的孩子们在操场上打雪仗。

不过我并不介意，这样一来，我就能和桑娅一起吃午饭，不用等着她从女厕所出来了。

节食减肥前，贾丝明喜欢吃香肠土豆泥。她会把香肠切开，藏在土豆泥里。放学后，我满脑子想的就是这道菜。一方面我饿坏了，另一方面外面的世界就像个大盘子，里面装着贾丝明的香肠土豆泥，所有的东西都藏在坑坑洼洼的雪地里。

法玛尔老师说，都给我出去，别让我看见，桑娅立刻跑掉了。她跑出学校，迅速走到马路上。我想追上她，却不小心滑倒了。我大喊着她的名字，她停下来转身看着我。在雪花的映衬下，她的脸黑乎乎的，但很漂亮。我一时忘了想说什么。她说，你想干什么，杰米？听上去，她并没有生气，只是有些累、有些烦。她没准儿感到无聊了，这才是最糟糕的。我全身发冷，但却与下雪无关，我想说点好笑的事儿，让她眼睛重新闪烁起来。可我脑子一片空白，雪花在我们之间打着转儿，我就这样静静地盯着她。沉默了很久，我说，你今天救了多少人，穆女郎？她翻了个白眼。我说，我救下了1004个人，不过今天没出什么大事儿。她双臂交叉，不耐烦地叹了口气。雪花落下来，桑娅的头巾看上去斑斑点点的，在空中飞舞摇曳。她看上去很生气，我说，谢谢。她说，谢什么？我说，谢谢你让耶稣像个白痴，谢谢你为我报了丹尼尔的仇。我还在脑中默默地说，谢谢你所做的一切。我是给自己报的仇，她说完转身走开了，留下一串深深的脚印。

第十五章

整整一个星期，我都在提醒爸爸明天下午3:15来学校参加家长日活动。我希望他不要喝酒。我可不希望他让我和妈妈出丑。妈妈一直没有回信，但我相信她一定会来。她可不想错过这么重要的家长日活动。我从耶稣的角度写下的故事得了A，所以我的天使跑到了第七朵云上。我迫不及待地想让妈妈读一下。

今天放学我回到家，答录机上的灯一闪一闪的。我觉得一定是妈妈留言说明天的事儿，我强忍着等会儿再听。爸爸躺在沙发上睡着了，骨灰盒在靠垫上，那幅有手印的画就夹在他的双下巴下，他一呼气，画就跟着抖动。我关上门，以免被爸爸打搅。我喂了罗杰、刷了牙、洗了脸，还用手指理顺了头发。我已经有六个多月没有听到过妈妈的声音了，我希望自己看上去还不错。蜘蛛侠T恤又脏又皱，散发出一股臭味，我用湿毛巾把它抚平，还在腋下喷了点贾丝明的“清甜”香水。

准备就绪，我从餐桌边拽来把椅子，砰地放在了电话旁。我伸出一根手指。答录机发出的光照着我，我的手泛着红光，手指悬在播放按钮上。我特别想听到妈妈的声音，也同样害怕听到她的声音。一连51秒，我的手指一直悬着，而后突然按下了那个按钮。

里面传来一个女人的声音：哦，您好。似乎很惊讶，自己在和一台答录机说话。听上去不像妈妈的声音，不过电话里传出的声音的确和平时不大一样，我想再多听听。

马修斯夫妇，我是路易斯老师，贾丝明的班主任。别担心，不过贾丝明从上周五开始就没来过学校。我想问问她是不是和你们在一起。我以为她身体不太舒服，所以这段时间才没见到她。麻烦今天下午给我打个电话，和我说说她在哪儿，她最近好不好。如果她在休病假，我希望她能尽快好起来，希望过几天就能在学校见到她。谢谢。

我的第一反应便是，不是妈妈打来的、不是妈妈打来的、不是妈妈打来的！根本没有听到路易斯小姐说了什么。所以又倒回去重听了一遍。路易斯小姐每说一句话，我的嘴就又张大一点儿。贾丝明逃学了。

我好想吐，不知道是什么原因，没准是因为妈妈没来电话我很失望，也可能是被贾丝明吓到了，或者是因为香水熏得我头疼，更可能是三者兼有。不管怎么样，我感觉很糟糕，我跑到洗碗池边，把手放在嘴边，可什么都没吐出来。罗杰跳上来看着我用手接着凉水往脸上泼。它的尾巴在空中打着卷，就像尘土飞扬的非洲蛇或是阿拉丁神话里的蛇一样。

我一口茶都喝不下，我一直在想该怎么办，在等贾丝明回家。我检查了三次钟表的电池，因为指针似乎一点儿没动。我觉得很奇怪，虽然我还没有结婚，却感觉像有了个淘气的孩子，她回来晚了、走丢了，这感觉太可怕了。我当即决定以后绝对不要孩子。我想象着摘下桑娅的面纱，因为我们结了婚，我有权利看她特别的头发。这时，门把手动了一下，贾丝明走了进来。

你去哪儿了？我问道。贾丝明迷惑地看着我说，学校啊。她的谎言重重地打在我脸上，我的脸就像那台答录机，闪烁着红光。我说，说实话。好吧，妈妈，她挖苦我说。虽然打着粉底，我还是能看出她的脸变得苍白。路易斯老师留言了，我说。贾丝明猛地望了眼答录机，立刻捂上了嘴。她说，爸爸有没有——我说，没有。她说，你会不会——我说，我当然不会告诉他。

她点点头，给自己泡了杯茶，还问我要不要来杯热的利宾纳。我最喜欢的饮料就是利宾纳，可它的发音和圣诞节的词汇都不押韵。我只是说声好的，没有说麻烦了。我很生气，她撒谎，出去冒险也不带我。她坐在餐桌旁说，对不起。我说，没事儿。可我不是真心的。她似乎松了口气，好像没事儿这几个字就能让我把一切抛之脑后似的。我想起桑娅，第一次想明白她为什么不理我，为什么不戴我们的蓝丁胶戒指。她不想原谅我，因为我只道了一次歉，这远远不够。

我想冲出厨房，跑到马路上，爬上山坡去桑娅家。我想站在她家窗外大喊对不起、对不起、对不起，直到她用闪亮的眼睛看着我，真心实意地说，没事儿。可我做不到，所以没有这么做。我坐在餐桌旁，等着贾丝明开口。

我恋爱了。我没想到她会这样说，一下子呛到，把利宾纳咳得满T恤都是。贾丝明拍着我的后背。一恢复呼吸，我便说，和里奥？她满脸通红，我说，噢。贾丝明待在椅子上，一副坐立不安的样子。爸爸说的那些话，她噙着泪水问我。我站起来给她拿纸巾，却没有找到，只好递给她一条抹布，她大笑起来，可听上去并不开心。爸爸在车里说的那些话，说里奥娘娘腔，说他同性恋，我永远都不会原谅他。我说，你必须得原谅他。她吸着鼻涕问，为什么？于是我告诉她，因为他是我们的爸爸。她说，那又怎样？我一时不知道该说些什么。他是我们的爸爸，我重复着，不知道还能说些什么。贾丝明说，还因为我们是他的孩子。我不知道这话是什么意思，只能紧紧攥着她的手。她的手冰凉，瘦得只剩下了骨头。

爸爸把我丢在雨里，我没法去上学。贾丝明盯着桌子上的斑点说。我给里奥打了电话，他从大学溜出来接上了我。我们在一起待了整整一天，那是我最快乐的一天。从那以后，上不上学都无所谓了。我拖着腿走近贾丝明，摇了摇头。上学很重要，我说，特别重要。妈妈说只要能得A，我们想要什么都行。妈妈说教育是……

贾丝明抬起头，直直地盯着我。妈妈不在这儿了，杰米。

我打算告诉她妈妈明天会回来，却没有说出口。妈妈明天会回来。12月13日下午3:15，妈妈会出现在我的学校，英国布雷思韦特教堂小学门口。奈杰尔不会一起来。我从来都没有放弃过她会回来的希望。可不知道为什么，我就是开不了口。我觉得身体里似乎闪烁着什么，我害怕极了。我咽了一口气，这种感觉便消失不见了。

我明天会回学校，她说。我会假装爸爸给老师写封信，不会有事的。我接着说，你发誓？她说，我保证，我希望——她没有说下去。我们同时想到了我们死去的姐姐，她还待在壁炉上。贾丝明站起来，在水池里刷起杯子来。对不起，她又说了一次。她洗着杯盖，上面的泡沫像雪花、像海浪，又像芬达冒着的泡泡。为撒谎、逃课这种事道歉。我说，没事儿，这一次，我是真心原谅了她。她边洗杯子边说，就是太难了。不去想他，不和他在一起。总有一天你会明白的。我什么都没说，可我觉得自己完全明白这种感受。

我向桑娅道歉，一连说了300多次。法玛尔老师一停下来，我就不停地说对不起、对不起、对不起、对不起、对不起、对不起、对不起，连气儿都不喘一下。不知道为什么，这一点儿用都没有，她不说话，就那么垂头丧气地坐着。午饭时间，我们一起坐在我们的长椅上。可丹尼尔嚷嚷着，圣诞节你家也吃咖喱吧，咖喱细菌。还往桑娅头上扔雪球。我想说点什么，却没有开口。桑娅跑开了，直到上课才从女厕所里出来。我猜丹尼尔知道是桑娅在他的马厩里放的小鸡鸡，因为他开始变本加厉地欺负桑娅。

一整天我都心神不宁，因为妈妈正在赶过来的路上。我肚子发痒，似乎小蝴蝶又在抵着我的皮肤扇着翅膀。我的脑子和糨糊一样，我做不好除法，画不好地图，搞不清维多利亚时期的事儿，也写不整齐字。时间过得好慢，我只能盯着课本，什么都不写。我一直握着笔，法玛尔老师就不会对我大喊大叫，不会告诉妈妈我是个懒孩子。放学后，我觉得自己累坏了，就像已经睁着眼等了一百万年，只为下午3:15的到来。

老师会第一个见我的爸爸妈妈。法玛尔老师说，去找你的父母，我们5分钟后见。我跑了出去，看到爸爸的车停在校门外，他摇下车窗说，你好呀。我松了口气，他听上去没有喝醉。他说，怎么了？因为我一直东张西望，我的心脏怦怦跳个不停，我的双腿发抖，口干舌燥。停车场上有很多车，可没有一辆是妈妈的。

爸爸说他要去下洗手间，便独自走进了学校，留我一个人在门口等妈妈。我走上车道，又检查了一遍校名标志。上面的确写着英国布雷思韦特教堂小学，妈妈不可能开过去却没看到学校的大名。雪花浸透了我的蜘蛛侠T恤，它贴在我的皮肤上，看上去傻乎乎的。我的袖子比以往任何时候都要大，胳膊上起满了鸡皮疙瘩，抵着红蓝相间的布料，一阵刺痛。

我等啊等，等啊等，等啊等。雪越下越大，我不停地眨眼，以防雪花把我的睫毛冻住。一阵寒风吹过，我紧紧地抱着自己。之后，我听到了车声。

一辆蓝色的车。这颜色没错儿。一个女人在开车。一个长头发的女人，就和妈妈一样。我跑过去，冲她挥手。我滑倒了，膝盖撞到了雪地。雪地上布满了橘色的斑点，因为看门人刚刚撒了些砂石在上面。那辆蓝色的车上了车道。

妈妈，我大喊着。她来了。我高兴坏了，趴在雪地里动弹不得。妈妈。开车的女人小心翼翼地把车挪过来，身体都贴在了方向盘上。雪花落到车窗上，雨刷器迅速摆动着。我挥着手望向车里。那个女人向后看着我，眼镜上的眉毛蜷缩在一起，一脸困惑的样子。

妈妈不戴眼镜。

我又望了望车里。妈妈的头发也不是棕色的。那个女人是别人的妈妈，她指着人行道，似乎想让我站起来，不要挡在路中间。可我动不了，不是因为快乐，而是因为某种更加可怕的东西。她按下喇叭，惊得我跳了起来，可我走不了路，只能爬到了路边。

爸爸在墙边找到了我。他说，你到底在干什么？他一把抓住我的肩膀，把我拉了起来。我不知道我们怎么进的教室，我的思绪还停留在300英里以外的伦敦，可突然之间，我坐在了法玛尔老师面前，听她说我写的耶稣出生的故事得了A。

妈妈又撒谎了。她说只要能得A，我能得到想要的一切。可我想要的，就是她能来参加家长日，但她却没有来。

爸爸似乎很惊讶，他说，我能看一下那篇文章吗？他假装读了一段，然后说，写得不错。可我什么感觉都没有。无动于衷。这和下雪无关。法玛尔老师桌子下面放着一台暖气，正好暖热了我的脚丫。法玛尔老师说了一会儿，爸爸说了一会儿，法玛尔老师又说了会儿别的，然后看着我，像是要我回答什么似的。于是我说，没错。我不知道她问了什么，不过也无所谓了。法玛尔老师笑了，我一定是说对了。法玛尔老师问，明年他要去哪所中学读书？爸爸说，拉斯米尔中学。法玛尔老师说，您家的双胞胎姐妹就在那儿读书吧？爸爸说，您说什么？我突然专心了起来。

您家的双胞胎姐妹就在那儿读书吧？法玛尔老师又问了一遍。爸爸的一只手摩挲着下巴，他的胡须发出了呲呲沙沙的响声。双胞胎，他说，就像没明白老师的意思一样。法玛尔老师一脸困惑地说，罗丝和——噢，另一个姐姐叫什么来着？爸爸没有说话，我也没有说话，只能听到窗外咆哮的风声。

贾丝明去了拉斯米尔中学，爸爸终于开了口。法玛尔老师一副要继续追问的样子。我真想踢她的小腿，好让她闭嘴。可这种事不过是故事罢了。所以我向上帝祈祷、向摩西祈祷，向罗丝、

《十戒》、罗杰杀死的兔子和其他所有我能想到的住在天堂的人祈祷，请让她闭嘴，请让她闭嘴。可是没用，法玛尔老师继续问道，那罗丝去哪儿了？

爸爸说，罗丝去了更好的地方。法玛尔老师问，一所私立学校？爸爸咽了口口水，没有说话。法玛尔老师的脸涨得通红，说道，嗯，好吧。她拿起我的作业，翻了起来。詹姆斯写了不少你们家的故事，都很不错。她拿出我的英语书，我想大喊不要，可法玛尔老师已经把它递给了爸爸。他读了《快乐的暑假》《我家真好》《我的神奇圣诞节》，他紧咬着牙，拿着书的手颤抖不已。法玛尔老师等着爸爸说写得不错，可他什么都没有说。法玛尔老师看看我，又看看爸爸，而爸爸却目不转睛地盯着我编的那些罗丝的谎话。

门外传来一阵嘈杂声。下一对父母赶到了。法玛尔老师清清喉咙说，总之，詹姆斯表现得不错，也和大家相处融洽。他有不少朋友，尤其和一个叫桑娅的女孩儿要好。有人敲了敲门。一个叫索雅的女孩儿，爸爸重复着。法玛尔老师说，请进。而后对爸爸说，不是索雅，马修斯先生，是桑娅。

门把手咔嗒响了一下，门开了。哈，轮到桑娅了，法玛尔老师兴奋地宣布。我坐在椅子上转了个圈，蜘蛛侠T恤粘在了我的后背。你好，杰米，桑娅的妈妈用奇怪的口音说，再次见到你真高兴。

第十六章

教室里的光照在她们身上，两块洁白的头巾闪闪发光。爸爸一跃而起，两张黑色的脸吓了一跳。你怎么知道我儿子的，他大叫起来，一只手猛地拍在法玛尔老师的桌子上。一大摞书倒了下来，砸翻了一杯咖啡，弄脏了一些看上去很重要的卷子。法玛尔老师尖叫起来，像条受了惊吓的狗一样。她看着我，似乎这一切都是我的错。桑娅的妈妈一脸尴尬，我轻轻地摇摇头，她看到后说，我不认识他。我闭上眼睛，又一点点睁开它们，真希望桑娅的妈妈能明白我在说谢谢。

我轻声说，走吧。爸爸大喊着说，又见到你真高兴。又。你刚刚是这么说的。他走到桑娅妈妈边上，他的脸快贴上桑娅妈妈了，她向后退了一步，抓住了桑娅的肩膀。法玛尔老师站起来，捂着胸口尖叫着，马修斯先生，冷静一下。爸爸冲着桑娅妈妈大喊。你以前在哪儿见过他？桑娅的妈妈又向后退了一步，紧紧地拉着桑娅。你什么时候见过我儿子？桑娅甩开妈妈的手说，学校的足球比赛。她听上去很镇静，一脸无辜的样子。这是我见过的最完美的谎言。闭嘴，爸爸咆哮着。桑娅的妈妈突然生了气。你好大胆子，她的眉毛藏在白色的头巾下。你好大胆子，敢这样和我女儿说话。爸爸大笑起来，听上去不怀好意，就像恶棍搓着手，满眼怒火地哈哈哈哈哈笑一样。在我的国家里，我想说什么就说什么，爸爸回答，吐沫溅的到处都是。我想大喊，这也是桑娅的国家，可我说不出口。这几个字在我喉咙里颤抖，可我太害怕了，它们不敢跑出来。法玛尔老师尖叫着，我去叫校长来。她跑出教室，砰地关上了门。

穆斯林杀了我女儿，爸爸说。他的手猛地动了一下，像是要去打桑娅妈妈的脸。我跑到爸爸身边，想抓住他的胳膊，可他大吼一声把我甩了出去。太荒谬了，桑娅的妈妈回复道。不过她的声音颤抖低沉，我知道她很害怕。我想起巧克力奶昔上弯弯的吸管，爸爸这样吓唬桑娅妈妈，我恨死他了。真正的穆斯林是永远都不会伤害任何人的。只不过有人假借——她还没说完，爸爸厉声喊道，闭嘴。爸爸浑身发抖，脸色发紫。汗水从他的太阳穴滑到脸颊。他的嘴唇抖动起来，他呼气、吸气的时候，空气绕着他的鼻孔打着旋，就像跑了场比赛一样。他喊叫着恐怖分子，反正都是类似的话。桑娅的妈妈转过头，像被扇了一巴掌的样子。

桑娅站在圣诞布置前，紧紧地攥着拳头。银纸剪出的雪花在她身后的墙上闪着光。她左边有很多天使，右边站着圣诞老人，圣诞老人的大肚子从红色外套里露了出来，背上的礼物从黑袋子里露出了头。圣诞布置正中有用蓝色卡纸剪出的玛丽、用褐色卡纸剪出的约瑟夫和用与肤色相近的粉色卡纸剪出的耶稣宝宝。看到这一切，我难过极了，桑娅就站在所有有关圣诞的东西旁，可她并不相信圣诞，也不会去庆祝圣诞，我想起她的诗，那首只写了四行的诗，对她来说，12月没什么神奇的，也没什么好期待的。爸爸还在大吼大叫，窗外的风依旧拍打着窗户，打翻的咖啡滴答滴答地从桌子落到地面，成了个小水坑，可我满脑子装着的都是桑娅的话。我真希望能和大家一样。我想走到她身边，握着她的拳头，把戒指戴到她的手指上说，真高兴你是这么与众不同。

桑娅的左眼闪着泪光。爸爸咆哮着，你们这群宗教怪物。桑娅的眼泪开始变得又大又圆。我想象着自己大喊，别听他胡说。我想象着自己说，你只是与众不同，但很美丽。我想象着自己扇了爸爸一耳光，谁让他把桑娅弄哭了。有那么一瞬间，我甚至觉得这一切都是真的。可我什么都没做，就那么呆呆地站在教室中央，心脏怦怦直跳，裹在蜘蛛侠T恤下的身体瑟瑟发抖，对我这样的男孩儿来说，这件衣服太大了。

校长走进了教室，他闪亮的皮鞋踩得地面踢踏作响。他说，有什么问题吗？爸爸说，当然没有，可他依然上气不接下气。桑娅的妈妈没有说话，眼睛一直盯着地面，我能看到她的头巾。我希望她能抬起头，好让我说声对不起，可她一下都没有动。爸爸说，一点儿问题都没有，然后抓着我的手，把我拉到门口。他冲校长点点头，就像五分钟前什么都没有发生过一样。我多么希望这事儿就这样过去了。我们来到走廊，爸爸的指甲戳进了我的掌心，我感到一阵疼痛，这下麻烦了。

爸爸没有喝醉，这下麻烦大了。他上次打我，没出一个星期我就把这事儿忘了，因为我知道他喝掉了100来瓶啤酒，他打我并不是他的错。他喝醉酒还打过妈妈两次，我也把这事儿忘了。因为他只有醉醺醺的时候才会打我们，我们倒是能够体谅他，第二天假装什么都没有发生过。可这次他很清醒，当他的拳头击中我的肋骨，我知道他是认真的。

到家前，情况还不错。爸爸开着车，我们都没有说话。轮胎在雪地里旋转，白色的淤泥溅得到处都是，要不是因为我的手在流血，没准儿会喜欢上这样的天气。我右手掌心上留下四个指印，就像四个红色的月亮一样。车一驶入车道，爸爸就低声说，进屋去。我跳下车，在冰面上滑了一跤，然后起身推开前门进了客厅。贾丝明和里奥躺在沙发上，他们满脸通红，黑色衣服皱成一团。他们的嘴唇湿乎乎的，吞咽着什么，应该是一直在接吻。贾丝明说，你不是有家长日活动吗？我指着门外说，结束了，爸爸也回来了。贾丝明说，靠，一把把里奥推到地上。

爸爸大步来到走廊。里奥的绿色短发耷拉着，他挠着头发，咬着唇环，脸色苍白。贾丝明说，快藏起来。里奥弯腰藏在了沙发后面，这时，爸爸进了客厅。

我不太擅长玩捉迷藏的游戏。我不喜欢又小又黑的地方，那种地方让我觉得自己被埋在了地下，所以害怕极了，只能藏在门后或是其他一下子就能被找到的地方。即便如此，我也比里奥强多了，他甚至都没有缩起身子，让沙发挡住自己。他的绿色短发露在扶手上面，黑色靴子也露在了地毯外面。

爸爸一看到里奥，脸上更加阴暗起来，他大声喊道，起来。我想里奥没明白爸爸在说什么，他一直弯腰待在沙发后面，屏住呼吸、闭着眼睛，一副以为自己没被发现的样子。爸爸走到沙发旁，一把抓起里奥的T恤把他拽了起来，他的力气太大了，里奥尖叫起来。爸爸吼道，滚出去。里奥踉踉跄跄地站了起来。贾丝明说，不要这样和他说话。爸爸指着天花板，颤抖着吼道，在我家里我他妈想怎么说就怎么说。

里奥跑了出去，爸爸大喊着，不许再来我家，不许再见贾丝明，然后甩上了客厅的门。一张全家福从墙上掉下来，摔碎了。你不能这么做，贾丝明气急败坏地挥着手说。你阻止不了我们见面。爸爸说，我想我刚刚已经阻止过了。之后，他转头看着我。

你爱罗丝吗？他问。我立刻说爱。爸爸走近了一步。你还记得她是怎么死的吗？他的声音缓慢轻柔，却透着凶险。我动了下喉咙，却没有口水可咽。我点了点头。爸爸闭上眼，似乎在努力控制着某种感情，可它太过强烈，他大喊大叫起来，还不停地踢着沙发。骗子，你这个大骗子，詹姆斯。我使劲抵着墙站着。爸爸扔过来一个靠垫，恰巧打在了灯罩上，灯罩摇摇晃晃，嘎吱作响。我不是骗子，我跪下来回答。爸爸大踏步走过来，我急忙用胳膊护住头。骨灰盒在壁炉上沙沙响着。你怎么能那么做？爸爸弯下腰咆哮着。他的声音冲进我的耳朵，就像把iPod开到最大声一样。要是你说的是实话，你怎么会和那个巴基佬做朋友？

贾丝明说，离他远点儿，而后爬到了我身边。她还在哭，她搂着我的肩膀，胳膊来回颤抖。我挪动了下，离她哭湿的脸近了些。你知道这事儿吗？爸爸弯腰冲着贾丝明吼着。你知不知道杰米的女朋友是个该死的穆斯林？贾丝明看了我一眼，眼里没有丝毫的失望和怒气，只是好奇罢了。她偷偷捏了我一下，似乎在说她才不在乎。一个该死的恐怖分子，爸爸咆哮着，他满眼怒火、面部扭曲，下巴上溅满了口水。我想告诉爸爸，他错了，电视上报道的所有的恐怖分子都是20岁以上的男人，不是什么不满11岁的女孩。可他打了我，所以我什么都没说。

真是莫名其妙。爸爸前一秒还大喊大叫，后一秒就把拳头抵在了我的肋骨上，把我肺里的空气都打了出来。每次他一抬手，贾丝明便尖叫起来，不要，别打了，求你了爸爸。我蜷缩成一团，听着爸爸尖叫着，你根本不爱罗丝。我看不到他的脸，因为我的眼睛一直抵着膝盖，可我能听到他的哭声。他抽泣着，鼻涕顺着他的鼻孔流进了喉咙，他的话变得模糊。你从来没有为她哭过，他说。一阵内疚袭来，似乎家里的每一件错事都是我造成的。我戳着双眼，好让泪水涌出来，这样，爸爸就会知道我和他们一样，可无论我怎么戳，眼泪就是出不来。爸爸用手背扇了我的额头，贾丝明咒骂着，不过这一巴掌没有爸爸之前打得疼。我一头栽到身后，撞在了墙上，我知道，明天一早我的头一定又会肿起来。

你不可能爱她，他的声音突然轻柔下来。他走到壁炉前，注视着骨灰盒。所以你才能编那么多谎话，假装她还活着，而她已经死了五年了。所以你才会和穆斯林做朋友。他把骨灰盒从壁炉上拿下来，骨灰盒颤颤巍巍地待在他手里，冰冷的水晶上满是他汗涔涔的指印。看看他们对她做了什么，詹姆斯，他举着骨灰盒说。他似乎不再生气，只是比蜘蛛侠得知本叔叔去世还要悲伤，而我原以为那时的蜘蛛侠已经是这世上最难过的人了。贾丝明哭得更厉害了，我真希望自己也能哭出来，这样爸爸就不会这么恨我了。看看穆斯林对你姐姐做了什么。

一切归于沉寂，我知道终于结束了，可我不知道现在应不应该开口说话。所以我背靠着墙坐着，我的手掌隐隐作痛，头、肋骨疼得要死，只能盯着时钟的指针转了一圈又一圈。9分31秒过去了，爸爸把骨灰盒放回壁炉，擦干眼泪离开了客厅。我听到开冰箱的声音，而后玻璃杯叮当作响，一罐酒被打开了。贾丝明把手放到我腋下，我希望香水的气味已经散去，她要是知道我偷用了她的香水一定会生气的。她把我拉起来说，我们去你房间。她搀着我上了楼。

我坐在窗台上，窗外的花园格外明亮，因为所有的星星都一闪一闪地照在雪地上。池塘结冰了，我希望我的小鱼不会有事儿。我知道鱼在冰面下也能呼吸，可我觉得那里一定很冷很黑，也很孤独。贾丝明坐在我身旁，她一哈气，玻璃上便出现了一个个蒸汽圆圈。她在圆圈里写了个大大的J，然后写下了自己的名字，接着又在刚刚的J字后写出了我的名字。所有的字开始往下滴水，看上去酷极了。她说，你还好吧？我回答说还好，因为我真的还好。丹尼尔可比爸爸打得狠多了。

我想妈妈了，贾丝明突然说。真奇怪，我也在想妈妈。我喜欢她还在家里。我一把从地毯上抓起封信，递给了贾丝明。她打开信，这一次，她看着信上写着来曼彻斯特改变你的命运吧，她没有说你就瞎胡闹吧之类的话。她揉了揉鼻子，不哭了，她问，你又有什么计划？我说我们走进剧院，听完我们的歌，爸爸妈妈的手牵在了一起，因为我们是他们的骄傲。这一次，她没有说，根本不可能实现。她轻声说，他们要是能和好就太好了。她闭上眼睛，似乎在想象着他们和好后的第一次拥抱。

就这么干，她说。面试在三周后。我们有大把的时间来练习才艺。贾丝明的下巴抵在膝盖上，额头皱巴巴的。没有里奥我活不了，她闭着眼说。她的眼皮上沾满了黑色眼影。只有他能真正理解我。我明白，我立刻说，虽然不知道她为什么觉得里奥比我还了解她。贾丝明没有听到我的话。我再也受不了爸爸了。酗酒——她顿了顿，深吸口气——这档子事。这是我们第一次提到这个词儿，第一次在说酒精、呕吐、失望，而不是热利宾纳之类的东西。幸好贾丝明没有睁眼，我觉得怪怪的，我不知道该把脸转向哪边，不知道该把手放在什么地方，更不知道该怎么面对爸爸酗酒这样的事实。我只有15岁，她大声说着，突然睁开了眼睛，一副凶巴巴的样子，就像我说错了什么话似的。你真的想去参加那种垃圾比赛？她问。我点点头。她说，好吧。我的大脑挥着拳头在头骨里打转，我知道我应该会很疼才对，却一点儿感觉都没有。我的身体一定释放了肾上腺素，老师在科学课上讲过，一个人害怕或兴奋时就会这样。肾上腺素就像大力水手的菠菜，让你变得强壮、变得勇敢。法玛尔老师还说，发现孩子摔倒被压在轮胎下后，有的父母会分泌出肾上腺素，甚至能徒手提起那辆汽车。我多么希望肾上腺素能让爸爸把爆炸了的罗丝粘在一起，这样妈妈就不会离开我们，她没准儿还会参加我的家长日。我摇摇头，不再胡思乱想。我起身站好，又把贾丝明拉了起来。我们要好好准备我们的选秀表演了。

第十七章

学期结束前的一周糟透了。桑娅不理我，丹尼尔往我的脸上砸雪球，还把冰块塞进我的蜘蛛侠T恤，害得我生了病，而且除了我，大家都收到了圣诞卡片。图书管里有个信箱，你把卡片塞进去，放学前，卡片就会送到班里的同学手里。校长就是信使，他戴着圣诞帽走进教室，嘴里还不停地喊着，嗬嗬嗬。然后，他会拿着卡片，读出上面的名字。莱恩和丹尼尔总会收到一大摞卡片，桑娅也会收到几张。一开始我想不明白，桑娅总是独自站在操场上，我很惊讶她居然这么受欢迎。后来，我发现她收到的卡片都是用水彩笔在A4纸上画出的图片，超级英雄的签名也都是她自己写出来的。她从蝙蝠侠和史莱克那边给自己寄来一张卡片，又从绿魔那边给自己寄了卡片，任谁都看得出，他可是蝙蝠侠的宿敌。她故意把绿魔的卡片放在铅笔盒边上，好让我看到。

自从家长日后，我们再也没有说过话。她也不让我用她的水彩笔了。我多么想告诉她英国最大的选秀节目的事儿，告诉她我们打算给妈妈写封信，再给爸爸留张纸条，让他们1月15日去曼彻斯特皇宫剧院看我们表演。我想给她唱我们准备的歌，跳我们准备的舞，告诉她，他们能处理好所有的事儿。只要妈妈回来，爸爸戒酒，他们就会忘了罗丝的事儿，爸爸会高兴坏的，根本顾不上去恨桑娅。他没准不喜欢我们做朋友，可妈妈会说，别管他们。桑娅会来家里喝茶，我们还会一起吃味美多汁的比萨，爸爸妈妈了解了她，会忘了她是穆斯林的。

还有两天就是圣诞前夜了。我觉得12月24日、25日和26日都不会有什么来信。除了一家慈善机构一早寄来的信，我们什么都没收到。慈善机构告诫我们，吃火鸡时，别忘了想一想非洲那些食不果腹的人们。我会在吃圣诞晚餐时想他们的。今年的晚餐是鸡肉三明治，贾丝明正在准备食材。只要我在餐桌旁想一想那些饿死的人，慈善机构就不会关心我吃了什么吧。

要是圣诞节不送包裹，那妈妈的礼物只能明天才能送到了。我试着让自己兴奋起来。门外的大包裹一直在我的脑海里浮现，可我一想到有张卡片，上面用大大的蓝字写着圣诞快乐，儿子，身体便奇怪地闪烁起来，吓了我一跳。我不知道那是什么，可妈妈没有来家长日之后，它变得越来越强烈。

我问法玛尔老师，她要想请假，需要提前多久告诉校长。她一副不耐烦的样子，一直看着课桌上面的布置，好像洒在天使上的咖啡都是我的错一样。她终于开口说，如果很重要，我可以立刻就离开。赶快出去玩吧，别再问这种奇怪的问题。

如果很重要。整整一天，我脑子里都是这几个字。它们在我脑子里飕飕旋转，让我头晕目眩。写故事时，我的笔根本没有碰到纸；数学课上，我随便编了几个答案；美术课上，我画的绵羊比牧羊人还大，因为我根本就专心不了。就像有一大群绵羊杀手随时准备去踏平耶稣的摇篮一样。

至于学校的戏剧表演，惊讶吧，我们又演了马厩那幕，不过我第一次扮演了人类。我的角色有句台词，旅馆已经住满了。反正也没人来看我，都无所谓了。贾丝明还没有放学，爸爸自从家长日后就再没下过床。一开始，桑娅饰演玛丽，可她去旅馆时总是发出咕噜咕噜的声音，还一直捂着肚子，好像马上就要生孩子一样。所以最后一次彩排时，法玛尔老师把桑娅从舞台中央的椅子上拉下来，让她趴在地上演公牛，而且自始至终都待在马厩后面。

放假前一天，我特别想和桑娅说话，却不知该如何开口。所以趁她不注意，我把铅笔扔到了她的椅子下面，打算让她帮我捡起来，可法玛尔老师把我赶出了教室，因为我在班里乱扔尖利物品。她说，你没准儿会戳瞎别人的眼睛。胡说，我的铅笔一点儿都不尖，而且我扔得很低，除非有隐形的小矮人来回走动，否则它绝不可能靠近任何人的眼睛。法玛尔老师让我回教室后，我的铅笔还躺在桑娅的椅子下面，可我不敢叫桑娅帮我捡起来，因为法玛尔老师说得很明白，我是故意把它扔到那里的。我只得用钢笔画图，我画错了，却擦不掉，我一定及不了格。不过无所谓了。我对A已经没什么兴趣了。贾丝明对学校的看法没错。它真的一点儿都不重要。

放了学，法玛尔老师说，祝大家圣诞快乐、新年快乐。学校1月7日开学，到时候见。没时间和桑娅说话了，大家一个接一个地走了，我只能待在教室里，看着她收拾好东西离我而去。她收拾得很慢，她把书一本一本地堆放整齐，又给每支水彩笔盖上盖子，按照彩虹的颜色排好顺序。我感觉她在等我开口说话，可她大声地哼着歌，奶奶说过，打扰别人很不礼貌。五撮头发垂到了她的脸上，她不断拨动它们，以免挡着眼睛。完美、闪耀、漂亮这些字眼在我脑中闪过，可我还没来得及说点什么，桑娅便离开了。她走去拿外套，我跟了过去。她跑下走廊，我又跟了过去。她冲出校门上了车道，我大喊一声，喂，她停了下来。

我原本不会说这个词儿，而说些漂亮话，可它的确让她注意我了。她转过身。学生走得差不多了，天也黑了下来。白色的头纱映衬着月亮的光，桑娅比天上所有的星星、比地上所有的雪，比学校外所有的车灯都要明亮。我想说，圣诞快乐，可桑娅不过圣诞节，所以我改口说，冬天快乐。她看上去有点困惑，我慌了神，她不会连这个季节都不过吧？她开始向后退，离我越来越远，我不想她就这样消失在夜色里，于是大喊出了脑中冒出的第一个词儿，斋月快乐。

桑娅停了下来。我跑到她身边，伸出手，又说了一遍，斋月快乐。寒冷的空气中，这几个字格外炽热，它们的每一个音节都散发着热气。桑娅盯着我看了很久，我满怀希望地微笑着。她说，九月才是斋月。我担心自己冒犯了她。不过她的眼睛闪耀着，嘴角的雀斑也颤动起来，每次她要微笑的时候都是这样。镯子叮叮当当地响着，她抬起胳膊，向我伸出手，我的手指颤抖起来，还有20厘米我们的手就能牵在一起，还有10厘米，5厘米——

有人按响了喇叭，桑娅跳起来倒吸了口气，妈妈。她跑上砾石小路，上了车。车门砰地关上了。引擎启动了。一双明亮的眼睛透过前车窗望着我。我的手指还在颤抖，可车已经消失在夜色中了。

贾丝明给我买了一堆圣诞礼物，都是些便宜的东西，一把印有曼联队徽的尺子，一块橡皮，还有几块硬币巧克力，不过她把它们包起来装进我的足球袜里，看上去像个大大的礼物袜。我很难过，我只用纸板给她做了个相框，把我俩唯一的合影放在了里面。没有妈妈，没有爸爸，没有罗丝，只有我和贾丝明。我还在照片四周装扮了黑色和紫色的花，因为她是女孩，她最喜欢黑色和紫色。她说，这是我收到过的最棒的礼物。她冲我笑笑，应该是真心的。

我们做了满是馅料、浇着肉汁的鸡肉三明治，还用微波炉烤了薯条，然后一边看《蜘蛛侠》一边吃了起来。这次的《蜘蛛侠》没有我生日时的那部好，不过我还是看得津津有味，而且最喜欢蜘蛛侠打败绿魔的那段。罗杰吃掉了我的三明治碎屑，但贾丝明一口没动。她伤心地望着窗外，我一注意到她，她便转过头，冲我笑笑。

妈妈没送我们礼物。爸爸连现在是什么时候都分不清，他就一直躺在床上喝酒、睡觉、喝酒、睡觉，所以也没送我们礼物。整个圣诞节他只做了一件事儿，那就是猛敲地板，大喊别制造这该死的噪声，因为我们正扯着嗓子唱圣歌。

九点时，有人敲了敲窗户，贾丝明看看我，我又看看她，然后一起向窗帘爬去。有那么一瞬间，我以为是妈妈来了，可我知道不是，但我的心却跳得更快了，真让人恼火。我们拉开窗帘。我们的头紧紧地挨在一起，她一呼吸，撩拨得我耳朵痒痒的。一开始，除了花园里白茫茫的雪地，我什么都看不到。等我的眼睛适应了窗外的黑暗，我看到一行白色的字。我爱你。贾丝明高兴得叫起来，好像那行字是写给她的一样。我却很失望，如果那行字真的是写给她的，就和我一点儿关系都没有。

她套上爸爸的雨靴蹑手蹑脚地跑了出去，看上去很滑稽，粉红色的头发配了条绿色的睡袍，拖着黑色的靴子在雪里慢慢移动。我的脸贴在窗户上，看着她找到了里奥留在花园里的卡片。我静静地看着她，她的脸一下子红了，绽放出甜美的笑容。她的心脏在胸膛里膨胀起来，就像我们在学校时，放进生锈的烤箱里的蛋糕一样。她亲吻了那张卡片，像是从来没有收到过这么好的东西一样。于是我开始思考。

我花了两个小时才做好了卡片。我在卡片上画了很多雪花、一个和我长得很像的雪人，还有一个和她长得很像的雪人。我还在画上撒了很多亮片。我趴在卧室地板上画画的时候，罗杰一直坐在我旁边，它总想凑过来，弄得尾巴上都是银光闪闪的亮片。在卡片上写字可比当着桑娅的面说话容易多了。所以，我在上面写满了我一直以来就想说的话。比如，谢谢你做我的朋友；我喜欢看你脸上的雀斑；爸爸很粗暴，可我和他不一样，请戴上你的蓝丁胶戒指。我和她说了面试的细节，告诉她只要妈妈回来，就能搞定爸爸，事情就会好起来，我们还能从1月5日开始重新做朋友。虽然要写不下了，我还是邀请她来曼彻斯特皇宫剧院观看我们的真人秀，我告诉她，贾丝明的歌声和我的舞步一定会让她大吃一惊的。我在卡片上签了蜘蛛侠的大名，只有这个超级英雄还没有给她送过卡片。

我做了个信封，把卡片装了进去。可封起来之前，我又把卡片拿了出来，想在卡片底下再加几句话。可地方实在不够了，我有点儿恼火，但也觉得很轻松，雪地里的那些字实在不适合写在送给桑娅的卡片上。

我得等到贾丝明睡着了，才能偷偷溜出去把卡片寄走。我第一次去她房间看她有没有闭眼时，她正对着电话窃窃私语，还说，滚，你这个爱偷看的小坏蛋。可我第二次过去的时候，她已经耷拉着胳膊、张着嘴、顶着一头乱蓬蓬的粉色头发睡着了。

我穿上雨鞋时，已经是11点了。罗杰用橙色的毛蹭着我的红靴，就像知道我们要去冒险一样。我们蹑手蹑脚地向前门走，它的绿眼睛睁得比平时还要圆。嘘，我冲着他说，因为它咕噜噜叫了起来，在安静的小屋里，那声音大得就像拖拉机的引擎。大门嘎吱一声开了，我踏出去，踩得雪地吱吱直响，好在没人听到。我走上车道，根本没人发现。

圣诞节晚上还出门，真是淘气极了。我暗自期待着警铃响起，蓝光闪动，有人冲我大喊，你被捕了。可什么都没有发生。我抬起头，想看看天空中有没有直升机飞过，电影里都是这样演的，一旦有人越狱，就会有直升机开着探照灯四处寻找。可是，除了一只鸟、一片云和黑色远山上的白顶，我们什么都没有看到。

我有些得意，开始大笑起来。罗杰呆呆地看着我，它一定是觉得我疯了。我觉得世界上只有我和我的猫还活着，我们可以想干什么就干什么，为所欲为。我原地跳着舞，在空中挥着手、扭着屁股，没人会看到。我转了一圈又一圈，直到晕头转向了才停下来。我一会儿沿直线行走，一会儿又跌跌撞撞，像喝醉了一样。我跳上墙，伸平双手向前走着。我笑得开心极了，自从射入决胜球后，我还从来没有像现在这样高兴。微风拍打着我手中的卡片，我想象着桑娅看到卡片的样子，就像贾丝明一样跳上跳下，没准儿还会亲吻蜘蛛侠的大名。

一想到这儿，我感觉自己就要飞起来了。我从墙上一跃而下，还上下挥动着手臂，就在我单脚落地前的一瞬间，我真的盘旋在了雪地上。我浑身的血液就像聚会上的可乐一样嗞嗞作响，我的身体火辣辣的，我的精力达到了顶点。罗杰喵地叫了一声。我说，我知道你想说什么。我告诉它，我会回小屋来找它。我亲吻了它湿乎乎的鼻子，它的胡须撩拨着我的嘴唇，我觉得痒痒的。之后我全速冲了出去，寒风打在脸上，如刀割般疼痛。

我用力拍打着桑娅家的大门。我喘着粗气，脉搏跳得飞快。我的脚很疼，却汗如雨下。活着真好。这是我做过的最勇敢的事儿了。我咧着嘴笑着，推开了桑娅家的大门，到了车道上。我跳过篱笆时，还飞了一小下才落到了她家后花园里。我是小鸟、韦恩·鲁尼和蜘蛛侠的合体，我什么都不怕，就算小狗萨米已经在厨房咆哮了起来也吓不倒我。

我把卡片放在草坪上，捡起了块儿石头。我朝着桑娅卧室的窗户扔石头，可石头只打中了窗户下两米处的墙。我又捡起一块儿石头。这块儿石头直接飞过了桑娅家的房顶。故事里扔石头这种事儿总是轻而易举，可我扔了11次，才砸中桑娅卧室的窗户。鹅卵石一击中窗户，我便跑开躲到了灌木丛后，我想看到桑娅发现卡片。可我数到了100，却什么都没有发生。小狗萨米变得越来越疯狂，它狂吠着使劲儿抓玻璃，我才不管。我找到一块大石头，把它扔了出去，这次它正好狠狠地砸中了桑娅卧室的窗户。

我跑到灌木丛后，不小心被刺划伤了脸颊，却一点儿都不疼。这次，我才数到17，房间里就有了动静。有人拉开窗帘，一张黑脸出现在窗户旁。我的心脏都要跳到嗓子眼儿了，可站在那里，却很难呼吸，更别提吞咽口水了。灯亮了。

那是一张男人的黑脸。桑娅的爸爸扭着头冲谁说着什么，可我看不到那个人的样子。他看了看院子、树和草坪，萨米大声叫着，我真担心他们把它放出来，它一定会把我从灌木丛后揪出来。

桑娅的爸爸没有看到卡片。五分钟后，他确定不是窃贼，便拉上帘、关了灯。萨米又叫了一会儿才安静下来。我不敢动弹，只能直直地站着，有根小树枝扎进了我的小腿，右脚也麻了。我盯着桑娅卧室的窗户，眼睛一眨不眨，干涩得不得了。我多么希望桑娅能拉开帘，看到我的卡片，我多么希望她能开心，因为她在学校的时候真的很难过。我回想着她的手和我的手，它们很快就能握在一起，要是她妈妈没有按喇叭，事情又会是怎样呢？

大约过了100万年，我觉得活动一下应该安全了。我从灌木丛爬出来时，教堂刚好敲响了午夜的钟声。折断的树枝刮破了我的T恤袖子。我捡起卡片，发现它已经湿透了。雪一点点地把信封都浸透了。我犹豫着是要把卡片留下还是带回家，或是放在桑娅的信箱里，这时，厨房的门开了。

我应该跑开躲起来，或者干脆趴在雪堆里，可我就是动不了。我背对着门，不知道是谁开的门。一个湿乎乎的舌头舔了我的手，我一下子跳了起来。萨米摇着尾巴，一个劲儿地蹭着我发抖的腿。我数到三，然后转身看到她站在那里。她的头巾绕在头发上，不过扎得不像平时一样紧，就像匆匆忙忙裹了一下似的。她穿着蓝色的睡衣，我能看到她褐色的脚趾，小巧笔直的脚趾在厨房地板的映衬下显得格外美丽。

她看着我，我也看着她，可她却没有笑。我说，你好。她把手指放在嘴唇上，让我别出声。我向她走去，可我觉得我的胳膊实在是太长了，腿也不听使唤，脸还一阵阵发热。我拿出卡片，可她并不高兴，和贾丝明一点儿都不一样。我说，这是我特意给你做的，是用纸板和亮片做的。我生怕她发现不了它的特别之处。她没有说谢谢，没有说哇喔，也没有像普通女孩一样高兴得尖叫。她说，嘘。还转头看看屋里，像是怕被人看见似的。

我把卡片硬塞进她手里，等着她打开信封，只要她看到里面穿着蜘蛛侠T恤的雪人和戴着头纱的雪人，一定会被逗笑。可她却把卡片藏在睡衣下，轻声对我说，你得走了。见我没动，她又向屋里看看，说道，求你了，快走吧。爸爸妈妈不让我和你做朋友。妈妈觉得你是个灾星。我说，什么？可声音太大了，她伸手堵住了我的嘴，我的嘴唇又像万圣节那天一样灼烧起来。楼上传来地板的咯吱声。她说，快走。她一把推开我，抓着萨米把它拉进了屋里。我在雪地里奔跑着，看到有人开了灯，桑娅关上了厨房的门。这一次，我跳过花园篱笆，一点儿都没飞起来，反而重重地摔倒在冰冷的地面上。

第十八章

看到贾丝明走出卧室，我不禁倒吸了口气。我快认不出她了。你看上去——我开口道。她说，闭嘴，给我拿支笔来。她来来回回写了10次，才完成给爸爸的纸条。第一张纸条上写着：求您了，求您了，求您了，来吧。可看起来像是太急不可耐了。第二张写着：来不来随您。不过有点儿威胁的意思。接连又写了八张字条，她才最终写道：爸爸，我们有份惊喜送给您，如果您今天能来曼彻斯特皇宫剧院，我们会非常高兴。下午1点来看今生难得一见的演出吧。

《绿野仙踪》里的狮子是我能想象到的最紧张的家伙，可他比狮子还要紧张得多。我的肚子里似乎装了比蝴蝶更大更可怕的东西。没准儿是鹰或是隼之类的东西。我现在又开始觉得，肚子里的东西没准儿是长了翅膀的猴子，它们绑架了桃乐茜，带她去见怕水的女巫。不管是什么，它们不停地咬我的皮肤，还左冲右撞，让我很不舒服。我怕忘了什么，搞砸了表演，所以贾丝明写纸条的时候，我一直在回想台词，练习舞步。我的一个高抬腿踢到了她手里的笔，她只得把这第六张纸条扔掉。不知道为什么，我却大笑起来，她很生气，轻声抱怨，该死的杰米。那之后，她不再让我帮她把纸条放在爸爸的床头柜上，也不让我去给爸爸的闹钟上到7：15，因为我实在是太吵了。

现在是凌晨五点，我们不敢出声，虽然没有什么必要。即便正午的阳光刺透窗帘，客厅的电视震天响，爸爸也不会被吵醒。不过我们还是蹑手蹑脚地走来走去，要是不小心掉了什么东西或是说话声音大了些，心脏还是会怦怦地跳个不停。贾丝明很害怕，因为里奥会开车来接我们，她不想爸爸发现，免得他又大发雷霆。我很害怕，要是爸爸发现，不让我们出门，他就永远都不可能和妈妈一起回家了。我们12月28日就给妈妈寄了信，她有充足的时间赶过去。只要安德鲁读了信，就一定会让她走的。我在备注里告诉妈妈这样做的：如果老板不让您请假，就把这封信给他看，他一定会改变主意让您休假的。我把这次比赛说得特别重要，我在信上写了好几遍，一生仅此一次，这是我从电视上听到的话。我还写着比赛的口号：来曼彻斯特改变你的命运吧。又自己编了一句：求您了，妈妈，我必须得见到您。

我们来到客厅等里奥的空当，贾丝明说，真不敢相信我会做这种事儿。咱们从头再练一遍吧。我们轻声哼着歌，跳着舞，不过罗杰醒了，一直在我们身旁捣乱。它在我脚边打着滚，我没法像上次彩排时一样跳跃、跺脚，也没法围着贾丝明转圈。我有些生气，却强忍着什么都没有说，因为我还为当着罗杰的面甩上门内疚不已。可它闪亮的尾巴绊了我一跤，我有点儿控制不住了。我弯下腰，它睁着绿眼睛望着我，满心期待的样子，似乎知道我一定会抚摸它似的。可我没有抚摸它的毛，它咕噜咕噜叫起来，我一把抓起它，把它扔进走廊，关在了客厅里。它喵喵地叫个不停，我没有理它，它最终觉得无趣，便走开了。

他来了，贾丝明尖叫着，只见一辆蓝色汽车停在了我们的小屋外。她摸着头发问，我的新发型怎么样？我说，还行。虽然她的头发看上去很奇怪。她昨晚一定把头发染成了棕色，还扎了两条整齐的小辫。她看起来和罗丝一模一样，这感觉怪怪的。我知道她们原本就是双胞胎，可几个月来，贾丝明一直只像贾丝明而已。我坐进里奥的车，有种罗丝复活的错觉，我好怀念贾丝明身上戴的各种环，怀念她的粉色头发和黑衣服。贾丝明穿了一件黄色T恤、一条白色长裤和一双蓝色的绣花鞋。这是妈妈在伦敦时给她买的最后一身衣服。我还穿着那件蜘蛛侠T恤，要是妈妈见我没有穿这件衣服，一定会失望的。我用抹布擦了擦T恤，还用别针把袖子卡到一起，看上去利索多了。

里奥见到贾丝明，眉毛一下子挑了起来。她紧张地看着他说，我只有今天才会这么打扮。里奥松了口气说，我觉得不错，很可爱。贾丝明大笑起来，里奥也跟着笑了。我觉得自己被孤立了，所以也大笑起来。之后我们上了路。我们开得很快，因为信上说了，先到先得，只有150个节目能够登上舞台。我们在山岭间奔驰，就在我们向上爬坡、疾驰过农田、在乡间小路拐来拐去的时候，太阳升了起来。有时，我们迎着太阳开去，车里洒满了橙黄色的光，温暖极了，就像待在蛋黄之类的地方一样。一切都那么美丽，一切都充满希望，突然，我已经迫不及待地要登上舞台了。

我们赶到后，一个拿着纸板的女孩儿走过来说，你们要表演什么？贾丝明说，唱歌跳舞。那个女孩儿叹了口气，就像这是她听过的最无聊的节目一样。她给了我们一个数字：113，说道，做好准备，下午5点开始演出。你们会在舞台上表演三分钟，如果评委不喜欢你们的节目，没准儿还表演不了这么长时间。我看了眼墙上的钟表。现在是11：10。

休息室里人山人海。扔水果的小丑、20个穿着芭蕾舞裙的女孩儿、5个牵着玩杂耍小狗的女人、9个能从帽子里变出小动物的魔术师、15个很会跳舞的黑人，还有1个文着身的飞刀侠在用金牙夹着的刀片削苹果。我和贾丝明在休息室中央找到两把椅子，坐了下来。

时间过得飞快。每过一个小时，我们都会再彩排两次。这里有不少奇怪的人，看看他们，再琢磨琢磨数不清的事儿，我每次抬头看看时钟，都觉得指针又向前跳了半个小时。我一直想象着爸爸一看到床边的信，就急急忙忙冲个澡，套上整齐的西装，激动地开车出发了。我还不停地想象着妈妈穿上漂亮的长裙说，去哪儿是我自己的事儿，奈杰尔。她还会在来曼彻斯特之前，特意在加油站买张恭喜我们成功的卡片。他们一定会在剧场外见面，还会咧着嘴摇摇头说，都是两个孩子搞的鬼。他们言语中透着骄傲，根本不相信我们会勇敢地安排这么个大大的惊喜给他们。他们坐在前排，分享着同一个冰淇淋，观看前面的112个节目，直到我们出场。贾丝明打扮得跟罗丝一样，爸爸看到她恢复正常，高兴极了。他们两个看到我穿着蜘蛛侠T恤跳舞，异口同声地说，哇喔。

我在休息室里想了很多，这个情景在我最美好的憧憬里排第二。而第一美好的憧憬与一对闪闪发亮的眼睛和一双褐色的小手有关，就在我唱完最后一段旋律，把胳膊伸到空中时，那双手比台下的任何人拍得都要响亮。

第105号选手上台了。贾丝明的腿抽动起来，面色苍白。她的新衣服和新发型让她看着年轻了不少，我有种奇怪的冲动，好想去保护她。我从来没有过这种感觉。我虽然搂不住她，还是把手放在了她的肩膀上，她轻轻地笑着说，谢谢。她的骨头从皮肤下突出来，我说，你得多吃点儿。她似乎很惊讶，不知道我是怎么发现她没有吃饭的。你够瘦的了，我说。她的泪水涌了出来。女孩儿可真奇怪。我们手拉着手等着。

108号、109号、110号。再过两个节目，我们就要出场了。

休息室一点点空了下来，这里充斥着汗水、化妆品和剩饭菜的味道。虽然窗外下着雪，可休息室里却如蒸笼一般。音乐响起，111号即将登场。台上的老爷爷才唱了五句，伴奏就停了，评委说他没有什么才能。观众齐声大喊，下去，下去，下去，下去，贾丝明脸都绿了。我做不到，她说着，一边摇着头捂着肚子。我真的做不到。

老爷爷从舞台边上的小门走了进来，一下子跌进椅子里。他的秃头埋在手里，肩膀抖动着，似乎正在哭泣。电视台的摄像机跟着他走下舞台，在他旁边嗡嗡作响，他吼着滚开，就像疯了一样。其实他只是很难过而已，他的梦碎了。他的T恤和裤子上缀满亮片，他不知道花了多少时间才把它们缝了上去，可他只在台上待了10秒。这是我遇到的最让人悲伤的事儿了。

说实话，我真的做不到，贾丝明看着老爷爷，一脸惊恐的样子。对不起，杰米。她站起身，准备离开，我才知道她不是装的。等等，我尖叫起来，我很怕贾丝明会离开。求你了，别走。她没有听我说话。她跑起来，马尾在身后跳上跳下，眼看就要到出口了。拿着纸板的那女孩大喊，112号。有个打扮得和迈克尔·杰克逊一样的男人深吸口气，站了起来。贾丝明站在门前，紧紧地抓着把手。我不能就这样让她离开。想想妈妈，我大喊着，想想爸爸，还有里奥。她推开门，寒冷的空气涌了进来，不过她没有出去。我跑到她身边，抓住她的手。你真的觉得他们在观众席上？她轻声说，一双眼睛在苍白的脸庞的映衬下显得格外的大。是的，我回答说。里奥让我们下车后，他保证——她摇摇头。不是说里奥，她使劲咬着嘴唇，血渗了出来。她伸出手指抹了一下。为了这次面试，她甚至洗掉了黑色指甲油，涂上了淡粉色。我是说妈妈。

之前闪烁的感觉再次袭来，比以往任何时候都要强烈，我第一次清楚地知道了那是什么。是怀疑。如果嫉妒是红色的，那么怀疑就是黑色的。此时此刻，休息室里漆黑一片，和车里的蛋黄色完全不同，这里的一切看上去都丑陋不堪，毫无生气。我想起我的生日，想起信上的备注，想起家长日，不过我还是点点头说，她在。

圣诞节她都没出现，贾丝明用细微的声音说着，我还是第一次见她这个样子。一滴眼泪滑下她的脸颊。这时，迈克尔·杰克逊的《颤栗者》在舞台上响起。没错，我的心打成了结。可她没准儿是怕我们不想让她来。贾丝明泪眼汪汪地看着我。我邀请她了，她轻声说，我心里的结打得更紧了。我想起圣诞节那天，贾丝明不停地向窗外望。我给她寄了卡片，请她过来给我们做火鸡。她哭得更厉害了，我根本听不清她在说什么，我的肚子疼得要命，我也没法集中精力。在那之前我也给她写过信，告诉她爸爸的状况，告诉她爸爸总是烂醉如泥，根本没法照顾我们，我们需要她的帮助。可她还是没来，杰米。她抛弃了我们。

我最不喜欢的电视广告叫作“收养一条狗”，广告上有各种各样遭遗弃的狗，主人们不是把它们丢在垃圾桶里，就是盒子里或是干脆丢在空无一人的路边。广告里总会有悲伤的音乐响起，小狗的尾巴耷拉着，眼里充满了悲伤。一个操着伦敦口音喋喋不休地介绍着每条狗被丢掉的经历，说着这个世界上没人爱它们，没人愿意照顾它们，这就是所谓的遗弃。

妈妈爱我们，我说。我满脑子充斥着那个伦敦口音，杰米需要一个新主人，我得把这声音赶出去。妈妈爱我们，妈妈爱我们，妈妈——贾丝明摇摇头，身后的马尾在耳朵边来回晃动。她不爱我们，杰米，她的声音很奇怪，令人窒息。她的眼泪淌了下来。她怎么能这样？就这样抛下我们，而且还是在我生日那天。贾丝明大喊着最后几个字，我捂着耳朵，不想听到那些话。我跟着节奏哼起迈克尔·杰克逊的歌。我们什么都不想听了。我生日那天，她一边重复着，一边把我的手拿开，还捂住了我的嘴。而且她走以后就没了音信。我挣脱开来。你骗人，我突然生气地吼起来，还一个劲儿地跺着脚。飞刀侠盯着我们摇摇头，但我不在乎。我还从来没有这么生气过。我的血液燃烧着，流遍了身体的每个角落，我想又踢又跳、又喊又叫，让血液像熔浆一样从火山中喷射出来。不对。妈妈给我送了礼物，还是最好的礼物，我喜欢得不得了，你这个骗子。

《颤栗者》的声音停了下来。

113号。

贾丝明张开嘴像是要说什么。我气喘吁吁地等着，可她摇摇头，似乎改变了主意。好吧。妈妈给你送了礼物。你厉害。

113号，拿着纸板的女孩儿又叫了一遍，一副不耐烦的样子。她看了眼穿着踢踏舞鞋的老妇人，又看了看带着鹦鹉的小男孩，然后看向我和贾丝明。你们去哪儿了？113号，快过来。

贾丝明擦干眼泪，低头看了眼身上的衣服。看看我，她轻轻地说着，脚趾在绣花鞋里动来动去。看看你。我摸了摸袖子上的别针。看看我们为他们做的一切。到底为什么，杰米？妈妈不会离开奈杰尔来看我们的，贾丝明用手抚摸着我的头，我觉得很安全，不再喘着粗气，慢慢平静了下来。爸爸也会很恼火，他根本不想从床上爬起来。我们是在浪费时间。我用手抚摸着她的头。也许不是这样，我咽下了所有的疑虑、失望与怨气，不过它们真的很大，就像维生素片一样，很难用水冲服下去。求你了，贾丝明。求你了。万一他们来了呢？我不想放弃他们。贾丝明闭上眼，似乎在思考什么。

113号，女孩儿大喊起来，手里的笔一直在敲打着纸板。你们快没时间了。评委都在等你们，如果你们现在还不上台，就没有机会了。

我碰了下贾丝明的胳膊。求你了。她睁开眼看着我，然后摇了摇头。我们在浪费时间，杰米。他们没有来。我真的受不了你失望的样子。再也受不了了。

113号。女孩儿再次环顾四周，然后在纸板上画了个大大的叉。好吧，让114号上场吧。

第十九章

我的腿一软，倒在了地板上。我的头埋在手里。穿踢踏舞鞋的老妇人正向舞台走去，休息室里满是舞鞋的回声。

等等，贾丝明大声喊道，我的心停止了跳动。等等。我们是113号。我们来了。

我抬起头，贾丝明向我伸出了手。我抓住它，被拉了起来。我都是为了你，她轻声说，我从来没有像现在这样笑得如此开心，嘴巴都快碰到耳垂了。不是为妈妈，不是为爸爸，也不是为罗丝。只为你，为我们。我点点头，我们向前跑着，我的心跳得都撞到了肋骨。拿着纸板的女孩儿不耐烦地叹了口气。我不能让你们上台，她厉声说。不过她打开了通向舞台的门，我们手拉着手蹿上台，一时间，到处都是灯光、摄像机，还有几百双眼睛在黑暗中闪着光亮。

我们走上台。观众安静下来。我认出了电视上出现过的那名评委。他看到我的T恤翻了翻白眼。那么你是？他问。我不知道正确答案是蜘蛛侠、詹姆斯·艾伦·马修斯还是杰米，所以干脆都说了出来。观众们笑了，我不知道爸爸妈妈和桑娅会不会也在其中。贾丝明捏了捏我的手指。我的每根手指都黏糊糊、汗涔涔的。那你呢？评委问。我姐姐回答说，贾丝明·瑞贝卡·马修斯。评委挖苦说，不是超女或猫女？贾丝明的胳膊颤动起来。我又感到了那种全新的感觉，我好想保护贾丝明，想踢评委一脚，谁让他吓到了贾丝明。

你们今天要给我们表演什么节目？女评委问。我低声说，一首歌和一段舞蹈。男评委打了个呵欠。好特别，他说着，现场的几百名观众随即大笑起来。女评委拍了下他的手腕说道，老实点儿。可她随后也咯咯笑了。我想假装自己乐在其中，可我的牙齿干得要命，把我的上嘴唇粘住了，我的样子一定很傻，就像兔子或是残疾人多米尼克一样。你们要唱什么歌？现场安静下来后女评委问道。贾丝明轻声说，《翼下之风》。两名评委呻吟起来，男评委还用头撞了下桌子，观众们哄堂大笑。我抬头看着贾丝明，她紧紧地咬着牙，鼓足了勇气，可我还是能看到她眼中的泪水。我很难过，她是为了我，才参加的比赛。我希望爸爸能替我们说句话，希望妈妈能跑上台，质问评委说，你们怎么敢这样和我的孩子们说话。然而什么都没有发生。

男评委说，快开始吧，就像我们让他觉得无聊透顶一样。突然间，我不想跳舞，也不想唱歌了，在不懂得欣赏的人面前表演我们珍贵的节目真是浪费。灯光下温度很高，我的蜘蛛侠T恤贴在了身上，它比以往任何时候都要宽大，或者也许是我从来没有像现在这样渺小过，我知道这样不好。妈妈一定会失望的，我很愧疚，是我让她难过了。

我们没有伴奏，也没有人给我们打拍子，所以我们根本不知道该何时开始。我们就那样呆呆地站在台上。大家都在等待。几个人发出嘘声。我不想让爸爸妈妈听到他们的声音，所以深吸口气，张开了嘴。可我什么都没唱出来。观众们开始齐声大喊，下去，下去，下去，下去，不光是胳膊，贾丝明整个人都颤抖起来。我没想到事情会是这样。一切都有问题，可我却不知道该怎么去弥补。

下去，下去，下去，下去。

惊慌在我胸口汹涌澎湃，就像沙滩上的海浪，一下子就冲毁了所有的东西。让这两个人下去，男评委突然嚷起来，他的手在空中挥舞，就像在驱赶苍蝇一样。他们在浪费时间。

不。贾丝明说，声音大到近乎吼叫，观众一下子安静下来。不？评委吃惊地看着贾丝明。她勇敢地盯着他，眼泪不见了踪迹，颤抖也消失了。突然间，她又成了我坐在秋千上的姐姐，她仰天微笑，就像世界上没有任何事情能够吓倒她一样。因为她不再害怕，我也不害怕了。我们唱了起来。

我告诉过你吗？你是我的英雄。我一心想成为你这样的人。我可以比鹰飞得更高。因为你是——

我们比那个老爷爷多唱了几句。大概有15句、16句的样子。我没有听到评委喊停，因为我一直在舞台后方扇着翅膀，像精灵、像小鸟、像歌词里的随便什么东西。我发现贾丝明早就停了下来，一下子面红耳赤，把手落在了身旁。舞台前方是那么遥远，我走过去，就像走了场马拉松。法玛尔老师说，马拉松有26.2英里，跑下来会对关节不好。

我从来没有像现在这样感到既佩服又厌恶，男评委说。这真是既精彩又糟糕。既美妙又可怕。我不知道他在说些什么，也没有用心在听，我一心盯着观众看，想从中找到妈妈的身影。你是糟糕的部分，男评委指着我说。我是说，你是在跳舞吗？他抛出了问题，但似乎并不需要回答，所以我只是耸了耸肩。男评委得意地笑了，他交叉起双臂，观众又大笑起来。不过你，男评委指着贾丝明继续说，你是精彩的部分。简直太棒了。你是从哪学的唱歌？贾丝明吃了一惊，说道，我小时候妈妈教给我的，不过我已经有五年没有唱过歌了。男评委用手遮着嘴，和旁边的女评委低声嘀咕了些什么。摄像机一会儿拍他们，一会儿拍我们。观众们屏住了呼吸。是的，是的，我同意，女评委说。男评委转身冲我们微笑着说，我们想听你再唱一次。贾丝明点点头。我正准备挥舞胳膊开始唱歌。不要伴舞，也不要你弟弟。

贾丝明看着我，有些不知所措，我竖起了大拇指。我有些失望，不过她能晋级，总比大家双双被淘汰的好。而且我知道她比我强，所以也算不上什么打击。我唱歌很一般，但她的声音却是天籁。我真希望爸爸能够发现这一点。

男评委伸手指了指舞台旁边的楼梯。我走过去坐了下来。只见贾丝明深深地吸了口气，舞台上的灯光暗下来，只剩一束光照得贾丝明一阵目眩，不停眨眼。她又深吸口气，男评委双臂交叉，靠在了椅子上。女评委单手托着下巴。贾丝明向前走了几步，聚光灯跟着她移动着。准备好就开始吧，男评委说。贾丝明开了口。一开始，她的声音低沉、颤抖。唱了几句后，她的肩膀放松下来，嘴长得很大，她的声音美极了。她的声音传出来，如同飞入圣比斯上空的风筝一般。

贾丝明全身的每个细胞都在歌唱。她的双眼、双手和心脏都在歌唱。她唱到高潮部分，观众一齐站了起来，评委鼓起掌，观众席一片沸腾。可谁都没有我欢呼的声音响亮。我忘了自己身在何处。我忘了自己正站在几百名观众面前，也许爸爸、妈妈和数不清的电视观众也都在看我。除了我的姐姐和她唱的歌，我把一切都忘得一干二净。对我来说，那首歌的歌词第一次有了意义，让我变得勇敢，就像大人们喝醉了胆子变大一样，我想这酒劲儿一定很猛。

一曲唱毕，贾丝明微微鞠了个躬，整个剧场充斥着欢呼和呐喊。评委伸手指向我，又指向舞台中央。我站起来，觉得自己完全变了个人，我真希望桑娅能看到我展开的双肩和挺起的胸膛，就像曾经那位苏格兰人吹响的风笛一样，满是骄傲。

呃，这首歌很垃圾，男评委开口说。观众嘘声四起，他们俨然站在了我们一边。真是个可怕的选择。我咧着嘴笑了，贾丝明也咧着嘴笑了。我们根本不在乎评委会说些什么。再也不在乎了。舞跳得很吓人，男评委继续说。年轻的蜘蛛侠在此，好吧，你没准儿是个超级英雄，但是你一定不会唱歌。贾丝明把手搭在我的肩膀上。可你，年轻的姑娘。可以说——他故意顿了下，然后看着贾丝明的眼睛说——这是今天我看到过的最精彩的表演了。观众拍手叫好。我们下轮比赛再见。观众欢呼起来。不能带你弟弟，当然。观众哄堂大笑。下一位选手，男评委大声说，下场的时间到了。我慢慢向着台下走去。

你们不会，贾丝明说。我停下来转过身，评委挑了挑眉毛。我们不会什么？男评委说。贾丝明的声音既清晰又嘹亮，她回答道，你们不会在下一轮比赛见到我的。观众们倒吸了口气。男评委吃了一惊。别傻了，他说，这可是千载难逢的机会。这场比赛能够改变你的命运。贾丝明抓起我的手捏了捏。要是我们不想改变自己的命运呢？她说。然后，她越过评委，望向观众席，提高了声音。我知道她想说什么。我不会抛下杰米去参加面试。我不会抛弃我的弟弟。家人就应该一直在一起。

我们走下台，观众的欢呼声一直持续了31秒。拿着纸板的女孩儿摇了摇头，其他参加演出的人却围了上来。他们说，太棒了，祝贺你们，尽管他们多是在赞美贾丝明，我还是觉得也有我的一小份，这感觉真不错。我学着里奥或是韦恩·鲁尼的样子和粉丝们一一握手，我的T恤似乎合身了许多，我感觉一下子长大了，长到两位数的年龄段可能真的和以前完全不一样了。

我们去找里奥吧，贾丝明说。此时，我们已经又在休息室里待了一个小时，头顶地唱着歌剧的演员也演完了最后一个节目。我们走出休息室。外面漆黑一片，雪依然纷纷扬扬地下着。我们来到大门口，天花板上满是闪耀的大灯，如同巨大的耳坠一般。红色的地毯、金色的栏杆，整个剧场充斥着糖果与成功的气味。我到处找桑娅，我努力控制着自己的嘴唇，好让自己低调些，可脸上还一直挂着个小小的微笑。根本掩盖不住。

我们从人群中挤出来，大家都盯着我们看，还不时向我们点点头、微笑一下，因为他们认出了我们。一个人把手伸向空中，像是要和我击掌，可我没有够到他的手。一位老妇人用沙哑的声音说，你的歌让我感动得哭了。我说，胡说。可贾丝明却说，谢谢。这样看来，老妇人是在夸我们了，可听上去却不怀好意。贾丝明到处在找尖尖的绿色，而我则在搜寻闪亮的褐色，我们伸长脖子、转动眼睛、迈开步子、转动脑袋，而后我们——

停了下来。我们同时看到了他们。他们没有看我们。他们相互拥抱，彼此贴得紧紧的，似乎害怕松开似的。不是里奥。不是桑娅。而是爸爸和妈妈。

妈妈闭着眼睛。她的眼睛周围布满新长出来的皱纹。她剪短了头发，太阳穴附近有些发灰，头顶却有些橘色条纹，看上去完全变了个人。爸爸的脸伏在妈妈的肩上，他左右摇晃着妈妈，所有从剧场出来的人都不得不绕开他们。他们黏在一起，似乎这世界上没有什么东西能够将他们分开，然而事实并非如此，上次他们分开，不过是因为一头染粉了的头发而已。他们的拥抱就是个谎言，我生气急了。

我抚平T恤，整理好领口和袖子，眼睛却一直盯着妈妈，生怕她还会消失。我等待着，等着我的心狂跳不止，等着我的肚子里的蝴蝶撞来撞去，等着我的生活变得完美，等着我能感到些许的快乐，然而什么都没有发生。

妈妈睁开眼看着我们，贾丝明脱口而出，真该死。妈妈满脸通红，一时间，她头顶的橘色条纹显得十分怪异。她在爸爸耳畔轻轻说了些什么。他们分开了，妈妈微笑着冲我们挥手。我们一动不动。她说，你们好，孩子们，就像我们早上才分开一样。可实际上，我们已经有一年没有见过面了。我们没有回答。我紧抓着贾丝明的胳膊向前挪，我能感觉到她的肋骨上上下下的颤动。来，妈妈张开双臂说。有那么一瞬间，我真想冲进她的臂弯，可我的腿却像被粘住了一样，一动不动。

妈妈向我们跑来，嘴里还发出些奇怪的叫声，她想亲我们的脸颊，可我们一直躲躲闪闪。她盯着贾丝明的黄色T恤和白色裤子。这是我买的，她尖声嚷着。这身衣服真可爱。我摇摇头说，我觉得还是黑色的衣服更好。我等着妈妈来夸我的T恤，可她连看都没看它一眼。我挺起胸膛，蓝红相间的衣服正好抵在了她鼻子下面，可她还是一直盯着贾丝明说，你真像你的姐姐。爸爸走过来，把手放在妈妈的肩膀上，他们和好了，和我期望的一样，可我一点儿感觉都没有。

妈妈又继续说着什么，可我根本没有听。我一直越过她的肩膀，寻找两只闪亮的眼睛。我好想看到一块白色的头巾，听到银镯叮当作响。可大门口的人散得差不多了，桑娅却没有在那儿。

一个戴着帽子的男孩儿站在门口望着贾丝明，似乎天花板上闪耀的灯都没有她宝贵一般。里奥从剧院里走出来，冲贾丝明使了个眼色。贾丝明的眼睛亮了起来，不过和妈妈无关。妈妈不停地说着，声音真棒，我们从来都不知道，你为什么不告诉我们你唱得这么好之类的话。

一位穿着笔挺制服的男人说，我们要关门了。爸爸说，走吧。我们就像一个正常的家庭一样走出了剧场。街面上结了冰，雪花在路灯的映衬下变成了橙色。我琢磨着妈妈会不会给奈杰尔打电话，告诉他一切都结束了，还叫他浑蛋。就在这时，妈妈说，我想我们很快还会见面的。我以为她要回农舍，因为她还得开车，所以我说，我和您一起去。贾丝明的肩膀猛地提到了耳边，就像她眼看一只小狗冲到路上，却没法阻止它受伤一样。爸爸脸色苍白，闭上了眼睛。妈妈蹭了下鼻子。我不知道为什么大家都这么奇怪，我说，我可以指路。妈妈问，回伦敦的路？我终于明白了。

开玩笑啦，我说得特别大声。我逼自己笑出声来，可每一个“哈哈”的声音都灼烧着我的喉咙。虽然妈妈就在身边，可我还是大喊着说，再见，妈妈。我挥着手，不想让妈妈靠近我，再也不想了。她想抱抱我，我趔趄着后退，不小心滑了一下，贾丝明抓住我的胳膊，把我扶了起来。见到你真高兴，罗莎琳，爸爸说着，亲吻了妈妈的脸颊。记得来看看我们。妈妈点了点头。我很快就会来的，她说了谎。她的眼睛四周布满了皱纹，还顶着一头短发，像个陌生人一样。我想去看看你们的农舍，也想去看看罗杰。我想那只猫，也想你们大家。她冲着贾丝明笑着，却不敢伸手碰她。再见，亲爱的。下次也好好唱。你真是匹小黑马。贾丝明直直地盯着前方，似乎没有听到妈妈在说什么。

妈妈走开了。她穿着一双我不认识的靴子和一件崭新的外套。我琢磨着她什么时候买的。我生日那天？足球比赛那天下午？家长日那天？突然间，我开始追着妈妈跑起来，我的脚冲进了雪里。寒风打在我的脸上。妈妈，我尽全力大喊着。妈妈。她转过身。怎么了，亲爱的？她问。我想大喊，不要那样叫我，可我有更重要的事儿说。

我们站在一家意大利饭店门外，我能闻到里面飘出的比萨的香气。我应该是饿了，一连好几个小时没有吃过东西，我的肚子饿得生疼。我能听到饭店里人们哈哈大笑，听到服务生说着什么，听到干杯时玻璃杯的碰撞声。饭店里十分温暖，还闪着红色的烛光，我真希望自己在饭店里，而不是寒冷阴暗的大街上。

我不想问那个问题，因为害怕听到答案，可我想起了贾丝明，想起歌词，我逼自己勇敢起来。您明天上班吗？我喘着气说。妈妈一脸迷惑。她拉紧外套。怎么了？她似乎是担心我会让她再待一会儿。就是想知道一下，我带着一丝失望、疑惑或是其他任何让我肚子灼烧得厉害的感情说。她摇摇头。不上班。我前几个月辞了工作。怎么了，亲爱的？她问。这么说，您已经不给安德鲁打工了？我想确认一下。是的，她说，我现在没有工作，他写书的时候，我就做些家务。她的两手攥在一起，似乎有些窘迫，可我并不在意。我还有个问题，却更难开口。我深吸了口气。我的T恤，我盯着人行道上的一摊烂泥说。噢，是的，妈妈兴奋地说。我正要说。我满怀希望地抬起头，双手交叉在身后。我向上帝和摩西祈祷。请说喜欢，请说喜欢。妈妈微笑着说，很漂亮，她拍了拍我的肩膀，我一下子长高了许多。真的很漂亮。她让我转个圈，我双手举在空中转了一圈。太棒了。她还拍起了手。真是件可爱的T恤。你从哪儿买的？真的很适合你，儿子。

第二十章

回家路上我都没有说话，爸爸问我要不要喝杯热巧克力。不知道为什么，一路上我都在想着地震，一进走廊，我满眼都是遥远的中国，那里的地面在颤抖，高楼大厦一座座倒了下来。我不知道孟加拉国会不会地震，桑娅会不会在学校给我讲讲故乡的地震。我在圣诞卡片上邀请了她，还在“请”字上撒了金色的亮片，可她却没有来真人秀现场。她一定还在生我的气，所以她最近都不会给我讲自然灾害的事儿。来杯热巧克力吗？贾丝明关切地问。我点点头，然后上楼去找罗杰。它没在我房间里。我坐在窗台上，盯着玻璃上我的影子。蜘蛛侠T恤看上去真是廉价。

没准儿妈妈在开玩笑，或是忘了送过我这份礼物。

没错。一定是这样。我点点头，我的影子也冲我点了点头。

她一定是忘了。

妈妈总是忘事。她去超市，却忘了自己要买些什么。她总是找不到钥匙，因为她总是忘了把它们放在了哪里。一次，她的钥匙出现在了冰箱里，就在冻豌豆下面，她都不知道是怎么回事。

她记不住137天前发生过的事儿也很正常。

爸爸端着热巧克力走了进来。巧克力的蒸汽在蓝色茶杯上方打着转儿。给，他说着，坐在了我的床上。自从我们搬来小屋，爸爸只来过我卧室一次，那次他喝醉了，误打误撞进来，以为这里是厕所。他解开裤子，似乎打算尿在地毯上，我急忙把他推了出去。

自从爸爸打了我，我们还是第一次单独在一起。我不知道该说些什么，只得抿着手中的巧克力。巧克力太热了，烫坏了我的舌头。好喝吗？他对着杯子点了下头。其实味道并不好，可我还是说，嗯。他的搅拌方法有问题，所以杯底的巧克力堆积成了泥，而其他地方的巧克力尝着却像牛奶一样。不过它很热很甜，是爸爸冲的，所以它的确不错。爸爸看着我喝巧克力，似乎对自己的表现很满意。对骨头好，他说。我不知道他是在说牛奶还是巧克力粉，所以只得附和说，没错，然后又喝了一大口。每天喝一杯，你长大就能和鲁尼一样强壮，他说，我每天给你冲一杯。他满脸通红，用手磨蹭着下巴，在胡须的作用下，发出了美妙的声音。我说，好，他拍了拍我的肩膀，站了起来。明早我要去找工作，他突然说。他盯着脚趾，看着它前前后后地在我撒在地毯上的亮片上移动。开始不会太多。只要有点儿事儿做就行。我像个大人一样点了点头。让我动起来，找个起床的理由。我想说，难道照顾我这个理由还不够充分？可我没有说话，我的舌头被烫得好疼。虽然喉咙里什么都没有，他还是清了清嗓子。找个让我清醒的理由。

我喷出贾丝明的香水时，所有细小的香水珠挂在空中久久不散。清醒这个词儿正像香水珠一样。它就待在空中，我不能抬头看，因为我不想看到它在爸爸的头顶盘旋。我只得盯着杯底的巧克力粉，似乎没有什么东西能比这些粉末更有意思了。深棕色的巧克力粉近乎黑色，干在杯底，奇形怪状。法玛尔老师告诉我们，占星术、掌纹和茶叶都能算命。我眯起眼观察巧克力团，想看看我的命运如何，却变成了斗鸡眼。我说完了，爸爸说。我说，耶。他问，不错吧？我说，真不赖。他拿起我手里的空杯子，走了出去。

我睡不着。我躺在床上，肚子很疼，我翻到右侧、平躺下来、翻到左侧、趴在床上，可怎么都不舒服。我的床烫得要命，我把枕头翻了个个儿，好凉快一点儿。我不停地告诉自己，她忘了，她忘了给我送过T恤，她忘了给我送过T恤，可疑惑再次袭来，世界漆黑一片，我一点儿都不相信脑子里的话。

妈妈几个月前就辞职了。妈妈不再给安德鲁打工，也不给其他讨厌的老板打工。我让她来参加家长日时，她根本不用去上班。贾丝明邀请她过圣诞时，她也不用去上班。

是她自己不想来的。

可她去了剧院。她开车一路从伦敦赶到了曼彻斯特来看我们的表演。这就能说明问题。她送了我T恤。我觉得是她送的我T恤，我希望是她送的我T恤。

我昏了头，不知道该相信什么。原本坚固、安全、巨大、真实的事实全部毁于一旦。就像地震中倒塌的高楼大厦一样。不单中国、孟加拉国会地震，我的卧室也会地震，它把我屋里的东西抛上天，碾在地上，彻底改变了我的生活。

奶奶曾经说过，许愿要谨慎，没准儿就会成真。一直以来，我都觉得这话很愚蠢。直到现在才知道它是对的。拨打这个号码来改变你的命运。我真希望自己从来没有拿起过电话。

我一睁开眼，阳光已经倾泻进屋里，如同热橙汁一般。我眨了12次眼睛才适应这光线。我打了个呵欠，头却疼了起来，眼睛也像被丹尼尔揍肿了一样。我没有睡好。我跳下床，以为罗杰会跑来磨蹭我的小腿，还把它的尾巴卷在我的脚腕上，可它却没有出现。面试结束后，我就一直没有见到它。我向窗外望望。明媚的阳光照在雪地上，花园里亮得什么都看不清楚。不过我还是认出了大树、池塘和灌木丛。然而却没有罗杰。

我跑到厨房。我看了看罗杰的碗。它的猫粮还在里面。没有吃掉。我冲到客厅。我检查了沙发后面，还在椅子背后来回寻找。我问罗丝有没有看到罗杰，但是骨灰盒什么都没有说。我飞奔上楼。贾丝明的门缝里飘出一股奇怪的化学气味。我转动把手走了进去。滚出去，她大喊，我没穿衣服。她没准儿在说谎，不过我还是闭上了眼睛。你见过罗杰吗，我近乎绝望地问。昨天早上之后就没见过，她回答说。我们排练时，你把它关在了客厅外。如果愧疚是种动物，那它一定是只章鱼。数百只黏糊糊的触须在你体内蠕动，把你的内脏包裹起来，使劲儿攥。

我去了爸爸的房间。他的工作找得不大顺利。这会儿，他躺在床上睡着了，还张着大嘴，大声地打着呼噜。我摇晃着他。怎么了？他呻吟着，用胳膊捂着脸，舔了下干巴巴的嘴唇。他的嘴唇上粘着棕色的东西，应该是热巧克力。他身上的酒气不重。您见过罗杰吗？我问。爸爸说，我昨天去曼彻斯特前把它放了出去，后来他又睡着了。

我套上雨靴，披上外套，走了出去。

我去了后花园。我大声喊着罗杰的名字。什么都没有发生。我像老鼠一样吱吱叫着，又像兔子一样尖叫，好让它不再生气，把心思放在捕猎上。它没有从藏身的地方出来。我抬头看看树，确保它没有卡在树杈上，我又搜寻了爪印，可新雪覆盖在地面上，一点痕迹都没有。池塘结了冰，我的小鱼在里面游泳，我又冲它打着招呼，然后才离开了花园。

罗杰不是只多愁善感的猫，它脾气这么大，倒是让我吃了一惊。我沿路走着，太阳照得我脑袋发烫，可地上的雪却让我两脚冰凉。每当有什么东西动了一下，我的心总会跳得更快一些。开始是只鸟，后来是只黑猫，接着又是只奔跑着的灰色小狗，它的脖子上还戴了个红色的圣诞蝴蝶结。我拍了拍它，对它的主人说，真是条好狗。我觉得它有点太活泼了，小伙子，老爷爷说，他嘴里叼着个烟斗，脑袋上还戴了顶平平的帽子。他的头发和那条狗的毛一个颜色，他长得很慈祥，有一双褐色的眼睛，但是眼皮耷拉着，一副昏昏欲睡的样子。您有没有见过一只猫？我问。老爷爷闭上了眼睛。我正琢磨着他是不是睡着了，他问道，姜黄色的？我说，没错，然后大笑起来，因为他的狗正好跳起来，把它冰凉的爪子放在了我的肚子上。老爷爷睁开眼，可眼里满是泪水。下来，弗莱德，他嘟哝着。弗莱德摇着尾巴，没听主人的话。一只姜黄色的猫，老爷爷又说了一遍。他的脸变得苍白，给我指了路，手却抖动起来，真不知道是怎么回事。在那边，小伙子。

我如释重负地说，谢谢。我推开弗莱德。它舔了舔我的手，整个身子都摇摆起来。它粉色的舌头耷拉在嘴边，就像一片厚厚的火腿。真抱歉，老爷爷的声音战栗着。我真的很抱歉。直到那时，我才知道罗杰不是藏了起来。直到那时，我才知道它不是在生气。我摇了摇头。不，我说。不。老爷爷摇了摇烟斗。我真抱歉，小伙子。我想，你的猫——

不，我咆哮着，一把推开了挡在路中的老爷爷。不。我沿路跑着，害怕见到那一幕，可我太想找到罗杰，告诉老爷爷他错了，罗杰好好的，我的猫只是——

噢。

白色的雪地里有一摊亮橙色的东西。很小。静静地躺在路上。只有50米远。不是它，我对自己说，可我的血液却冰冻起来，就像《纳尼亚传奇》里的女巫将世界变成严冬一般，可那不是圣诞节的事儿啊。阳光照在我的头上，可我却感觉不到温暖。我不想再向前走去，可我的脚却不听使唤，它们走得很快，走得太快了。没准儿是只狐狸。还有30米远。请让它是只狐狸吧。还有20米。那是只猫。还有10米。它满身是血。

我盯着罗杰。它满是亮片的尾巴在阳光下闪着光。我等着它动一动。我足足等了五分钟，等着什么东西，不管什么东西都行，只要动一下就好了。可罗杰一动不动。它两条腿僵直，耳朵尖尖的，眼睛像两颗晶莹的绿宝石。

我讨厌死了的东西。它们让我恐惧。罗杰捕到的老鼠、罗杰捕到的兔子、罗杰。我深深吸了口气。一点儿用都没有。章鱼抓住了我的肺，使劲挤压着。我喘不过气来，我怎么也喘不过气来，一直气喘吁吁的。

我想起最后一次见到罗杰。它在我臂弯里咕噜咕噜叫着，可我却把它丢在了走廊的地毯上。它要我抚摸他，我却当着它的面甩上了门。它在门边喵喵叫着，我却没有理它，我去参加面试前，连再见都没有和它说。我没有说再见。一切都来不及了。我的喉咙灼烧着，有一种从未有过的感觉。

罗杰身下的雪染成了红色。一阵狂风抚着它的毛，它似乎很冷，我蹑手蹑脚地走上前，牙齿在打架。我想吸口气，肩膀却跟着上下移动。只剩下5米了。我跪倒在地，向前爬着。慢慢地。慢慢地。我的心脏猛烈击打我的肋骨。

罗杰的侧身有个伤口，看上去很深，血肉模糊。它的前爪奇怪地扭曲在一起。受伤了。折断了。我回想着罗杰悄悄潜入灌木丛，回想着罗杰在花园里奔跑，回想着罗杰从我臂弯纵身跳下，强壮的四肢落在地上。看到它伤痕累累地躺在冰冷的雪地里，我实在接受不了。我必须要治好它。

我伸出手，向前挪了挪胳膊。我的指尖一碰到它的毛便缩了回去，似乎碰到什么热东西似的。我喘着粗气，头晕目眩。我又试了一次。我试了一次又一次。我想起用树枝夹起的兔子、用纸抱起来的老鼠，不知道为什么，还想起了罗丝。罗丝被炸成了碎片。我的喉咙灼烧得厉害，更疼了。我试着吞咽，可口水就是下不去。

我试到第六次时，终于碰到了它。我的胳膊颤抖，手心冒汗，可还是把手放在了罗杰的后背，抓起了它。它和以前一点儿都不一样。我记得每次把手放在它的毛上，总能感觉到它温暖的皮肤、跳动的心脏和咕噜咕噜时振动的肋骨。可现在，却一动不动。它的胡须没了生气。它的眼睛没了生气。它的尾巴没了生气。我想知道它们都去了哪里。

我喉咙里的灼烧感转移到了脸上。我的冰冷的脸一下子烫了起来。我抚摸了罗杰的头。告诉它我爱它。告诉它我很抱歉。它没有喵喵叫。我看到雪中有些轮胎印。很深、很短、满是斜纹，应该是有人猛踩刹车，在路上打了滑。罗杰被撞到了。

所有的痛苦变成了愤怒。我狂怒地尖叫着，跳起来猛踢轮胎印。我使劲儿跺脚。冲上面吐痰。用热乎乎的手抓起雪扬到空中。我跪倒在地，用拳头使劲儿捶打路面，疼痛的感觉反倒不错。我的手破了。我又捶打起地面。

要是我没有去参加真人秀，罗杰还活得好好的。昨天晚上我就发现它没在小屋，我应该出去找它，它会跑回来，还会磨蹭着我的雨靴，它的毛会在月光下闪闪发光。可我满脑子都是妈妈，根本没把罗杰当回事儿。

我住了手，起身，膝盖却抖动着。我走到罗杰身边，这一次，我不再害怕它的尸体。我想告诉它。我从来都不想让它离开。我想一辈子都爱它。给它无数个拥抱。告诉它还能听到我的声音时就该说的话。我轻轻地捡起它，就像捡起贴着“神圣”的箱子一样。它的头耷拉在一旁，我把它靠在我的肩上。我抱着它，似乎只要我跳动的心脏挨着它的心脏，它就能活过来一样。我抚摸它的毛，摩挲着它的头，像妈妈摇晃宝宝一样轻轻地摇晃它。

我想我的猫。我太想它了，卡在喉咙里和脸上的灼烧感转移到了眼睛上，滚烫。水开始往上涌。不。不是水。是眼泪。

我哭了。五年来，我第一次哭了。我银光闪闪的泪水滴在了罗杰橘色的毛上。

第二十一章

我讨厌它冷冰冰的样子。罗杰在外面待的时间太长了。我拉开外套，把它抵在我的蜘蛛侠T恤上，然后重新拉好拉链，这样，风就吹不到他了。雪纷纷扬扬地飘下来。它的头从我的领子里露了出来，我轻轻吻了它。它的胡须扎得我嘴唇痒痒的。

我把它带回家。我绕开结冰的地面，这样就不会滑倒。我要保护好我的猫，昨天晚上我就该保护它的。泪水模糊了我的视线，我看不清农舍的样子，不过我还是越过车道，径直去了后花园。我不停地和罗杰说话，告诉它面试的事儿，告诉它贾丝明表现得有多棒，告诉它我第一次了解了那首歌的含义，它没准儿会改变我的生活。我告诉它我想让妈妈以我为荣，所以，所以我才把它关在了客厅外。我解释我之所以会关上门，是因为我在排练，我想让妈妈大吃一惊，我太傻了，根本不知道那样做原本就毫无意义，我知道的太晚了。我悄悄地告诉它，妈妈是个骗子，她抛弃了我，不管我做什么，她都不会爱我了。我希望罗杰咕噜咕噜叫着附和我，或是喵喵地说原谅了我。可它却一直安安静静地待着。

走到池塘时，我还是不知道该怎么安置我的猫。我不想把它埋起来。一想到它的尸体会在土里慢慢腐烂，我差点吐了出来。我紧紧地抱着它，绝望地想留住它。它紧紧地贴在我的胸前，身上的血浸湿了我的T恤。

我知道我必须得做点什么。罗杰需要一场像样的葬礼。我想起壁炉上的姐姐。要是我的猫也能待在壁炉上就好了。我脑中绘出了一个橙色的骨灰盒，罗杰的骨灰就放在里面。我随时都能去和它说话，去抚摸它、去拥抱它。突然，我明白了。突然，我领会了。罗丝之所以会一直坐在壁炉上的骨灰盒里。爸爸之所以无法把她撒进大海。他之所以在她生日那天给她买蛋糕。他之所以会给她系好安全带。他之所以去抚摸她，和她说话，就像她还活着一样。都是因为无法放手。他太爱她了，根本舍不得和她告别。

我跪倒在地，脸贴在罗杰的毛上痛哭到喘不过气来。我鼻涕横流、头嗡嗡直响、脸肿得厉害，可就是停不下来。我听到身后窗户打开的声音。我听到爸爸冲我喊叫，却不知道他在说些什么。

要是我无法留住罗杰，我一定要留住它的骨灰。我找到两根树枝，用脚夹住一根，然后用右手拿着另外一根摩擦它。我用左手抱着罗杰，在它耳畔唱歌，我怕摩擦声会吓到它。可是没有用。外面太湿了，树枝根本点不着火。

我听到后门开了，我转过身去。爸爸走进花园，手里还拿着个东西。他什么都没说，一把把我拽了起来，他抱了抱我，从我记事起，这还是他第一次抱我。他紧紧地抱着我，我感到既坚强又安全，把头埋在了他的胸膛。我的肩膀颤抖，还喘着粗气，我的泪水浸湿了他的T恤。他没有让我安静下来，没有说冷静点，也没有问我出了什么事儿，因为他知道那种痛苦很难说得出口。

我哭够了，爸爸拍拍我的肩膀，放开了我。他把手里的东西放在雪地里，解开了我的外套。我没有阻止他。他把罗杰拿出来，轻轻地、慢慢地放在地上。他抚摸着罗杰的眼皮，小心翼翼地让它们合上。宝石消失了。罗杰就像一下子睡着了一样。

爸爸找来一把铁锹。我开口说，还是烧了它吧。爸爸说，可我们没法在雪地里生火。我想捡起罗杰，把它带走，我不想让我的猫被埋在地下。爸爸抓住我的胳膊说，它死了。他点了点头，像在说服自己似的。泪水涌了上来，他深吸口气，眨了眨眼，把泪憋了回去。他又点了点头，就像做了个重大决定，然后继续挖起来。他说，无论我们拥有过什么，现在都消失了。他的声音很悲伤、很痛苦，我想我能理解。

爸爸挖了很长时间。地面很硬。爸爸挖坑的时候，我一直抚摸着罗杰的头，一遍一遍地告诉它我爱它。泪水涌进我的眼睛，顺着脸颊流了下来。我希望这个洞永远都不够深。我不想让爸爸停下来。我还没有准备好去说再见。贾丝明不知道什么时候过来了。我没有听到她的声音。前一分钟她还不在这里，后一分钟却蹲在了我身旁，她抚摸着罗杰满是鲜血的毛，轻轻地抽泣着。她的头发又染成了亮粉色。她把头发染了回来。所以他的门缝里才会飘出一股奇怪的化学气味。

爸爸挖得太快了。好了，他说。你准备好了吗？我摇摇头。我们一起来，爸爸轻轻地说。他抓起刚刚扔到雪里的东西。是一个水晶骨灰盒。我们一起来。

法玛尔老师说，有时候天可以冷到下不了雨。爸爸的脸色就是这样。太伤心了，根本哭不出来。他走到池塘边。贾丝明站起来，双臂交叉，就像抱着自己一样。我拿起罗杰。爸爸打开骨灰盒。阳光比平日更加刺眼，照得水晶骨灰盒亮晶晶的。我想念桑娅。我真希望我们还能做朋友。

我走到洞前。爸爸抓起些罗丝。不。不是罗丝。罗丝已经死了。爸爸抓起些骨灰。我把罗杰放在墓里。爸爸深吸口气。我吸气的时间更长了些。我们顿了几秒钟。一只小鸟在枝头唱歌，微风吹拂着光秃秃的大树。爸爸撒下了骨灰。他没有说再见。他不需要说再见。罗丝很久之前就离开了。

第一把骨灰飘向了池塘，和空中飘落的雪花融为一体。它们落在水面，慢慢沉了下去。我看到我的小鱼游到了睡莲旁边。我拿起铁锹，挖了些土。我抓着铁锹金属把的手满是汗水。我把铁锹举到洞的上方，却迟迟下不去手。我不能把土倒在我的猫的身上。罗杰死了，我告诉自己。它死了。这不是它。无论我们拥有过什么，现在都消失了。可是一点儿用都没有。我满眼都是罗杰的黑鼻子、罗杰的银色胡须和罗杰的长尾巴，我想把它从墓里拿出来，我没法接受它的死讯。

爸爸又把骨灰盒倾倒了些，更多的骨灰撒在他的手心。他咬紧牙，把手翻转过来。罗丝的骨灰落进池塘里。既然爸爸能做到，我也可以。我把土倒进了墓地。

我不能看罗杰。我不能眼睁睁地看着它消失在土下。我轻声说着，我爱你，你永远都是我最好的宠物，我会想你的，然后匆匆把土倒进了墓地。我没有等着看爸爸在做什么。我知道，只要我有一丝迟疑，我就无法继续。

我拍了拍墓地上的土，让它平整了许多。然后一下子扔掉了铁锹，就像上面有细菌之类的东西一样。我无法相信自己做了什么。我讨厌我自己，我讨厌这个世界，我的肚子、我的心脏和我的脑袋都好想吐。贾丝明搂着我的肩膀，在我哭泣时抱着我。罗杰死了。我再也见不到它了。一想到这里，我就害怕得要命，于是我擦掉眼泪，逼着自己盯着爸爸。他还站在池塘边，往水里撒骨灰。一点一点地撒。

我拉着贾丝明的手，走到他身边。我们站在爸爸两旁，看着骨灰慢慢飘落。我的小鱼游得很漂亮，它的尾巴摇摇摆摆，似乎很快乐。一些骨灰落在它金色的皮肤上，卡在了它闪亮的鱼鳞里。我知道水里的不是罗丝，但还是松了口气，我的小鱼终于有朋友了。就像罗丝会好好照顾它，它也会陪着她一样。我想告诉爸爸和贾丝明我的想法，可我觉得有些荒谬，所以没有开口。

只剩下一把骨灰了。爸爸的手心还粘着最后几粒灰。我举起骨灰盒，向里看看，他吓了一跳，里面什么都没有了。他的手颤抖着。整整一天，他终于掉下了一滴泪。只有一滴。正好待在他的眼角。他想用肩膀蹭掉它，却没有够到。它顺着脸颊流了下来。爸爸眨眨眼，咽了口水，似乎在做些艰难的事儿。他看看我，又看看贾丝明，而后又看了看我，我知道他这么做都是为了我们，而不是他自己。他翻转了手掌。

不要，我突然说。不要这样。爸爸的手指护着最后的骨灰，才没让它们掉进池塘。怎么了？他说，他喘着粗气，脸色比我们周围的雪地还要苍白。不要这样，我重复着。留着它们吧。爸爸摇摇头。罗丝死了，他艰难地说。他把最后的骨灰举起来。这些不是她。我不再哭泣。我知道，我说。但它们曾经是。它们曾经是她身体的一部分。您应该留着它们。只留几粒就好。爸爸看着我，我也看着他，我们眼前有个巨大的东西嗡嗡作响。好吧，他轻声说着，把最后几颗骨灰倒进了水晶骨灰盒里。

我们都冻僵了，赶快进了屋。爸爸上楼待了两分钟，贾丝明给我们冲了三杯茶。我们在客厅喝着茶，谁都没有说话。壁炉上少了骨灰盒，显得空空荡荡的。我才发现爸爸把它放在他的卧室了。藏了起来。可只要他需要它，它还是会出现，比如9月16日这种令人极度悲伤的日子。我知道，只要我活着，就永远都不会忘记罗杰死在了1月6日。即便我有数不清的宠物，也不会忘记罗杰，因为它们都比不上我的猫。

我们喝完了茶，也只是盯着彼此看了看。对我们来说，今天早上发生了件大事。一切都变了样儿。尽管我的肚子疼、我的心疼，我的嗓子也疼，可眼泪还是止不住地流，我知道，这次的变化不都是坏的。也有好的一面。

贾丝明继续节食。爸爸也还会喝酒。不过我们一整天都在一起。待在客厅里。我们不怎么说话，却都不愿意回自己的房间。我们看了场电影。贾丝明问我想不想看蜘蛛侠，我说不想，所以她播了个喜剧片。我们没有哈哈大笑，但也笑得很灿烂了。爸爸告诉贾丝明，我喜欢你的头发。她说谢谢。爸爸回答说，你应该一直染成粉色。到了睡觉的时间，天上的星星像几百只猫眼，在黑暗的路上闪闪发光。爸爸第二次抱了我。和第一次一样紧，一样坚强和安全。我躺在被窝里想念罗杰，真希望它就坐在窗台上，而不是躺在地下，爸爸端着杯热巧克力走了进来。他把巧克力放进我手里，热气打在我的脸上，感觉真好。这一次，巧克力粉搅拌得恰到好处。

第二十二章

第二天是开学的日子。我总是在想罗杰，要是我跳下床它能来磨蹭我的小腿，我吃着可可米它能跳到我大腿上，我刷牙时它能把尾巴绕在我的脚踝上该多好。少了罗杰，整个小屋空荡荡的。少了罗杰，我不知道该做些什么。

爸爸按时起床送我们上学。他还有点醉，不过我们一点儿都不介意。爸爸并不完美。我也一样。他在努力，这才是最重要的。他做得不一定好，却比妈妈强太多了。他没有抛弃我们。他只是因为罗丝的事儿伤心欲绝，没关系。自己的猫被人杀死就够糟的了。要是自己的女儿被炸成碎片，那一定可怕极了。

我们停在学校外，爸爸看到桑娅站在人行道上。我的心脏一下子疯了，前一分钟它跑到了我的喉咙里，下一分钟却出现在我的脚指头上。七上八下。就像过山车。我想见她，也同样害怕爸爸会对她说什么不客气的话。我能从后视镜里看到他的脸，他紧紧地咬着牙，闭着嘴，眉毛也蜷缩在了一起，但他没有大喊穆斯林杀死了我的女儿之类的话。他甚至都没有让我离她远点。他只是说，他6点才会到家，因为他要去求职中心面试。贾丝明捏了捏他的胳膊，爸爸骄傲地笑了笑，说，祝你们过得愉快，上学期成绩不错，继续努力。

我走进学校。我还穿着那件蜘蛛侠T恤，不是为了妈妈，因为这不是她送的。罗杰的血渗进了T恤，所以我不想脱掉它。我知道我看上去一定像个杀人犯，但我一点儿都不在乎。我想离我的猫近些。

娘娘腔来了，丹尼尔在走廊里大喊大叫。他和莱恩站在教室外面。我很害怕，但我没有脸红、没有发抖，更没有逃跑。我朝他们走过去。穿着糟糕蜘蛛侠T恤的娘娘腔。他们哈哈大笑，还在空中击掌，我正好从下面穿过去，就像没看到他们一样。丹尼尔踢了我的腿，我的腿很疼，我想一拳揍在他脸上，但我不想再挨打了。丹尼尔以为自己赢了，哈哈大笑起来。我想起温布尔登的网球运动员，不知道为什么，他总是得不了冠军，这让我很恼火。我的心脏在胸膛里咆哮，像条气急败坏的小狗。

真是个笨蛋，丹尼尔故意嚷嚷着，好让大家都能听到。我坐在桑娅旁边，等着她瞪一眼丹尼尔或是替我说句话，可她却坐在椅子里，一副想藏起来的样子。她都没有看我一眼。我想问问她有没有看我送的卡片。我想问问她有没有看到像她的雪人和像我的雪人，有没有觉得它们很好笑。我想问问她为什么没有来看才艺大赛，我想告诉她大赛的全部细节，告诉她贾丝明是多么棒，告诉她我有多勇敢，能在舞台上唱歌跳舞。可我想起在她家花园的那个晚上，她说，求你了，快走吧。爸爸妈妈不让我和你做朋友。妈妈觉得你是个灾星。所以我什么都没说。法玛尔老师做登记时，我就一直盯着自己的铅笔盒看。

第一节是英语课。老师让我们尽量用长句子来写一写《美好的圣诞节》。什么美好的事儿都没有，可我不想说谎。所以我写了实话。我写了我的足球袜，里面装满了贾丝明买给我的小礼物。我描写了我们吃的鸡肉三明治、微波炉薯条和巧克力硬币。我解释说，最棒的环节是我们扯着嗓子唱圣歌。我在结尾写道，这不算是个美好的圣诞节，但还不错，因为我和贾丝明在一起。这是我写过的最好的作文了。我在班里大声读出来的时候，同学们偷偷地笑了，不过法玛尔老师说我写得非常好，我的瓢虫一下子跳到了第一片叶子上。圣诞节时，天使被替换成了瓢虫。

英语课后是数学课，数学课后我们开了会。校长告诉我们，英国教育标准局的督察员给我们的评分是还可以，也就是说，我们表现得还不够好。他说我们原本应该能拿到好，但是一场意外惹恼了其中一名督察员。法玛尔老师看着丹尼尔摇了摇头。丹尼尔的下巴抵在膝盖上。一道光向我射来。我抬起头，看到了桑娅。有那么一瞬间，我以为她要哈哈大笑。可她转过身，点点头，就像在认真听校长讲新年的决心似的。他说，今年目标定高点，给自己点压力。他在空中挥挥拳头，不过拳头只比上衣高了一点点而已。接着，他盯着我们说，不要下无聊的决心，像什么不再咬指甲、不再吸手指统统都不行。定一个让自己心潮澎湃的目标。甚至会吓到自己。我一下子知道了自己的目标。

课间时我找不到桑娅。我坐在我们的长椅上等她，在操场上找她，然后穿过秘密小门，可她没在储藏室里。她一定藏在厕所里躲着丹尼尔，她害怕极了。我胸膛里的小狗咆哮得更凶了。大家都进了教室，我们又上了历史课和地理课，但我听不下去。我一直盯着桑娅的铅笔盒，想看看蓝丁胶戒指在不在里面。我戴着我的蓝丁胶戒指，故意在桌子上敲了几下戒指上的白石头，想引起她的注意。桑娅的头埋在书里，一直没有抬起来过。

午饭时，我没有着急出去，因为我讨厌自己待着。我太想念罗杰了，根本吃不下三明治，所以我去了厕所，又玩起了烘干机喷火怪物的游戏。我忍耐着、忍耐着，因为我很坚强，即便火焰烧掉了我的皮肤，把我的骨头烧成了黑色，我还是一声不吭。

我听到外面传来一个声音。不是游戏，是真实的。是喊叫声。特别恶毒。有人嚷着，咖喱细菌。我向窗外望去。丹尼尔跟着桑娅，在她身后大喊大叫，桑娅正在想办法离开。莱恩、梅齐、亚力山德拉和他在一起，他们哈哈大笑，怂恿丹尼尔变本加厉。他喊着，你这个咖喱臭气，你干吗要戴着那个傻乎乎的东西？他摸了摸头巾。实际上，他是想把它拽下来。看到这儿，我的心脏怒吼起来。比狗的吼声还要大。比狮子的吼声还要大。比男厕所墙上喷火怪物的吼声还要大。

吼声在我脑袋、双手和双腿里震颤。直到厕所门撞在了瓷砖上，我才发现自己跑出了厕所，已经到了走廊中央。我冲出去，大喊着，放开她。人们大笑起来。我不在乎。我左转右转，到处找桑娅。我看到她站在操场中央，她的手捂着头巾，阻止丹尼尔把她特别的头发公之于众。

放开她。

丹尼尔转过身。他一看到我，嘴唇便拉出个龌龊的笑容。来救咖喱细菌？他说着拉起袖子，准备大打出手。莱恩看上去凶巴巴的。我停下来，等着我张嘴说，没错儿，我想说我就是来救她的或者别挡路之类的勇敢的话。可我什么都没有说出口。我等着自己的腿向前走，好踢丹尼尔一脚，可它们却不听使唤。人越来越多，把我们围了起来，每个人都盯着我看。

你这个懦夫，丹尼尔说。大家都附和着，没错，真像个同性恋。他们说得没错。我退后一步。我怕他打我的头。上次他打得太疼了。丹尼尔转向桑娅。他粗壮的手指一下子抓住桑娅的头巾。桑娅哭了起来。人群嚷嚷着，摘下来，摘下来，摘下来，摘下来。

这情景让我想起些什么。想起舞台上的情景。想起参加真人秀面试的情景。

我不再置身于操场。我站在舞台上，看着贾丝明。歌词，她唱的歌词，突然冲进我的血液，就像从荷兰飞奔而来的一样。

我又回到了操场，这里人声鼎沸，色彩斑斓。桑娅在抽泣。头巾已经掉了一半。人群欢呼雀跃。丹尼尔哈哈大笑。而我却什么都没做。

不。

我扯着嗓子喊。大喊大叫。不。丹尼尔吃惊地转过身。我举起拳头。丹尼尔的下巴掉了下来。我怒不可遏，向他冲去，我还从来没有过这种感觉。他睁大双眼，惊恐万分。我的关节一下子打在他的鼻子上，丹尼尔摔倒在地。我又揍了他，比刚才还要用力，我的拳头不断地打在他脸上。桑娅第一次抬起了头。她惊讶地望着我。我踢了丹尼尔三脚，每当我的脚踢在他的骨头上，我都会说一个完全不同的词儿。她。是。我的。

莱恩跑开了。人群也散开了。他们都吓坏了。丹尼尔躺在地上，双手捂在脸上。他哭了。我还能再踢他一脚，我还能再踩他一脚，我还能用手肘揍他，我还能打他的肚子。可我不想打了。我也不需要再打了。我刚刚赢了自己的温布尔登。胖厨娘吹响了哨子。

第二十三章

放学了，我跑去拿外套，四个人和我说了再见。他们之前从来不和我说话。我用更大些的声音和他们说再见，还用更大些的力气朝他们挥挥手，不过他们并没有注意。他们只是笑笑说，再见，祝你晚上过得愉快。一个男孩儿问，你明天参加足球训练？我迅速点点头说，当然。他说，太棒了。丹尼尔听得一清二楚，但是却什么都没有说。他连看都不敢看我一眼。他的鼻血止住了，鼻子却肿了。他的脸红红的，因为他一连哭了一个下午。他的眼泪滴在分数题上，弄脏了答案，所以法玛尔老师又让他抄了一遍。

数学课上，我只做出了4道题。我的肾上腺素泛滥，根本静不下来。我觉得血液里满是光、汽水和柠檬水，一个个想法猛得从脑子里冒出来，变成了气泡。我的腿抽搐着，一个小时就碰到了桑娅五次。其中三次是不小心碰到的。另外两次是故意的。她没有说住手，或是你的腿是坏消息之类的话。她只是聚精会神地看着分数题，牙齿还不时咬着笔帽。我有种感觉，她是在逼着自己不笑出来。

我走出学校，湛蓝的天空上挂着一颗巨大的金色太阳。就像一个巨大的沙滩球飘在美丽的蓝色大海上。我希望阳光足够充足，能够照到地下。我希望罗杰的身体能够感觉到太阳的温暖。我希望它在墓里不会太害怕，也不会太孤独。我的胸口突然很疼，就像在自助餐厅吃了太多块比萨而消化不良一样。我靠在墙上，伸手捂着心脏，等着疼痛过去。可我胸口还是隐隐作痛。

我听到脚步声和金属碰撞的叮当声。我转过头，看到桑娅正向我跑来。连再见都不说就走了？她的眼又闪闪发光了，而且比以前还要明亮。她戴着亮黄色的头巾，长着两排耀眼的白牙和一双比100万颗太阳还要明亮的眼睛。她爬上墙，在我身旁盘腿坐好，我呆呆地盯着她，她就像一道亮丽的风景、一幅好画和教室墙上有趣的布置。她嘴唇上的雀斑上下抖动，因为她在对我说话。我还没来得及说谢谢你就走了。我咬着脸颊里侧才没有笑出来。谢谢？我问道，假装不知道她在说些什么。为什么？她俯身向前，用手托住下巴。这时，我才发现那枚细细的蓝色圆圈又套在了她的中指上。

如果嫉妒是红色的，疑惑是黑色的，那快乐就是褐色的。我看了看那颗褐色的石头，又看了看那颗小小的褐色雀斑，而后又把目光转向了那两只大大的褐色眼睛。谢谢你救了我，她回答。我在她旁边扮酷。谢谢你把丹尼尔的脸揍瘪。她戴着蓝丁胶戒指。她真的戴着蓝丁胶戒指。桑娅还是我的朋友。没什么，我说。简直太棒了，桑娅回答说，她开始大笑起来。桑娅就是这样，她只要一笑起来就停不下来，搞得你也跟着笑了。别谢我，穆女郎，我脸上的笑容比香蕉还要大，肋骨都疼了起来。谢谢蜘蛛侠。桑娅把手搭在我肩上，不再咯咯笑了。你比蜘蛛侠还要厉害，她轻轻地在我耳畔说。

我热得要命，空气都稀薄起来。我看着雪地慢慢融化，一时间竟沉迷在狂踢雪地上了。我和你一起回家，她说。她起身站在墙上，从超高的地方跳下来，落在了我身旁。你妈妈，我四下望望，担心她妈妈看到我们。桑娅挽着我的胳膊，咧着嘴笑了。爸爸妈妈什么都不懂。

回家的路上，我告诉了桑娅罗杰的事儿。我真抱歉，她说。它是只好猫。她从来没有见过它，但是没关系。罗杰的确是只好猫。是只最好的猫。无人不知。我们正好撞见了那位戴着平顶帽子的老爷爷。弗莱德摇着尾巴舔我的手，给我的手上留下了一道黏糊糊的口水，但我一点儿都不介意。你还好吧，小伙子？老爷爷吸着烟斗问。烟气飘在空中，有种篝火之夜的味道。你感觉怎么样？我耸耸肩。我能明白，老爷爷严肃地回答。我的老狗皮普去年丢了，我到现在都很心痛。四个月前才买的这只淘气包，他指着弗莱德继续说。真他妈不带闲着的。弗莱德跳起来，把爪子放在我肚子上。不过它好像很喜欢你，老爷爷用烟斗挠着头说，似乎陷入了深思。我有个主意。要不你来我家，帮我照顾弗莱德怎么样？你可以帮我遛它。我摸了摸弗莱德灰色的耳朵。那再好不过了，我说。老爷爷咧着嘴笑了。好。好。我住在那座房子里。他指着几米外的一栋白色建筑说。不过，记得和你妈妈说一声，他说。我妈妈根本不管我，我回答说。不过我会和爸爸说的。老爷爷拍了拍我的头。和你爸爸说吧，小伙子，他说。下来，弗莱德。弗莱德没有听话，所以我抓住它的爪子，把它轻轻地推开了。它的爪子很厚，还湿乎乎的，摸着很舒服。老爷爷给弗莱德的脖子系了条绳子，拉着他一瘸一拐地走了，还冲我们挥挥烟斗道别。我也去，桑娅说，我们又继续向前走去。我要带萨米来，我们可以一起去冒险。

小屋的车道上空荡荡的。爸爸的车没在上面。他去了人才市场。我应该感到愧疚，爸爸在努力整理自己的生活，我却让穆斯林在自己家附近晃悠。可我一点儿都不愧疚。桑娅的妈妈不喜欢我。爸爸也不喜欢桑娅。就因为他们是大人，可这并不意味他们就是对的。

罗杰就埋在这儿，我指着后花园里一处长方形的新土说。就在这下面。桑娅跪下来，摸了摸墓地。我们应该送它些东西，她说。因为它是只可爱的猫。我蹲下身来。是最可爱的猫，我回答说。她伸出手，看了看戴在中指上的戒指。有些事儿你不知道，桑娅低柔的声音让我起了一身的鸡皮疙瘩。这两枚戒指。我盯着那颗小小的褐色石头。怎么了？我问。它们怎么了？桑娅向四周望望，害怕有人会偷听，然后，她拽着我的T恤，把我拉到她身边。它们能起死回生，她悄悄说。我有无数个问题，却说不出话来。不过只有晚上才可以。只要我们把两块石头都放在罗杰的墓上，只要时钟敲响12点，它就能从墓地里爬出来，继续在花园里捉老鼠、继续嬉戏。我笑起来。它会来看我吗？我说。当然，桑娅说。这也是魔法的一部分。它会跳进你的窗户，躺在你身边咕噜咕噜叫唤。它还是暖乎乎、毛茸茸的，不过只要你一醒，它就会消失。它会回到地下的床上，睡上一整天，所以才会有精神继续下一次的午夜冒险。

这不是真的，不过没关系。听到这些，我感觉好多了。桑娅摘下手上的蓝丁胶戒指，又把我手上的戒指退下来。接着，她把白色石头和褐色石头对在一起，等着我在墓地上挖个小洞。她吻了下戒指，我也吻了下戒指，然后把它们放进了墓地里。我用土和雪把它们埋好，忙碌中，我们的手指碰到了四次。现在，罗杰有魔法了，桑娅说，我心中的伤痛又淡去了一些。

我们身后传来敲窗户的声音。我一下子跳起来，挡在了桑娅前面，担心是爸爸发现了她，好在是贾丝明从学校回来了。她粉色的头发边上还有个亮绿色的脑袋。贾丝明开心地笑了，冲着桑娅挥挥手，桑娅从我腿逢里望过去，也冲她挥了挥手。贾丝明一把抓住里奥，把他拖去了客厅，他们一直在接吻，直到消失在门里。

我得走了，桑娅站起身来说。她的膝盖和手上满是泥土。我要是回去晚了，妈妈会杀了我的。她用手拍拍腿上的土，露出了一个奇怪的表情。你是认真的吗？她突然慌慌张张地说。桑娅皮肤黝黑，很难看出她在脸红，不过我知道她在害羞。你说的话是认真的吗？一开始，我不知道她在说些什么。我迷惑地摇了摇头。桑娅深吸口气，眼睛盯着地面说，你在操场说的话是认真的吗？她又重复了一次，声音比平时响亮得多。她是我的。这次轮到我脸红了。我忘了自己说过这句话。它不过是在打架时突然冒出来的而已。不过我还是慢慢地点了点头，一时间口干舌燥。是的。

桑娅抬起头。我们注视着对方。我凝视着她的睫毛、她的鼻子、她的嘴唇。就在这时，桑娅的手抬起来放在了头上。她褐色的手指绕着黄色的布料。她呼吸得很快。我屏住了呼吸。

她摘下头巾。

额头。

头发。

闪亮的直发全部落在了她的肩上，就像一个黑色的丝帘。

她不好意思地笑了。我走过去。她摘下头巾显得更漂亮了，就像个公主。她的手抬起来，向我的胸膛移动。我的心脏一定是个金属探测器，每当她的手镯离我更近一点，我的心脏就跳得更大声、更迅速。她的手落在我的锁骨上。我扶着她的手肘。她的胳膊很小，但不是很瘦。我看着桑娅，认认真真地看着她，想把眼前的一切记牢。我猛地向前，亲吻了她的雀斑，我觉得既兴奋又害怕，就像校长形容出的目标一样。

桑娅吸了口气，跑开了，她美丽的头发在风中嗖嗖直响。明天见，她转过头说，又看了我最后一眼。我担心自己吓到了她，但她却摸了摸脸上的雀斑笑了，给了我一个飞吻。她的眼睛比钻石还要闪耀，我觉得自己是这个星球上最幸运、最富有的男孩儿。我进了屋，爬上楼梯去照镜子。我高大了许多，蜘蛛侠T恤已经不合身了。我脱下T恤，冲了个澡，换上了睡衣。

爸爸六点到了家。他没找到工作，不过他说，很快就会有工作的。他做了豌豆吐司。我们坐在电视前吃吐司，他问我们今天过得怎么样。很好，我说。还行，贾丝明回答说。我们看着彼此，强忍着没有笑出来。她不会说出桑娅，我也不会说出里奥。有秘密的感觉真好。贾丝明只吃了两口吐司，爸爸喝了三罐啤酒。要是英国教育标准局来我家考察，我一下就能猜出我们的分数。还可以。表现得不是特别出色。不过对我来说已经很好了。

过了很久，我去了贾丝明的房间。她边听音乐边把指甲染成黑色。音乐里满是吉他、尖叫和喊叫的声音。你来干什么？她在空中摆着手说，好让指甲油干得快点儿。T恤是你送的，对吧？我问。她的手停在空中，一副很担心的样子。没关系，我说。我不介意。她吹了吹指甲。是我。对不起。我只是不想让你觉得妈妈已经忘了我们。我坐在她的床上。这是我收到的最好的礼物。

她把刷子渗进黑色甲油瓶。不是妈妈送的，你不介意吗？她涂抹着小拇指问。我会更喜欢它，因为是你送给我的，我回答说。我突然站起来关掉音乐。你在——她大喊大叫，但我没有理她。我想告诉你一件事儿，我说。很重要的事儿。贾丝明盯着我。关于你女朋友？我摇摇头。她一脸迷惑。我坐在她旁边说，你记得你在舞台上唱得那首歌吗？她慢慢地点点头。对我来说，你就是那样。你是风，我就是那只鹰。贾丝明眨眨眼，把眼里的泪水憋了回去。指甲油一定熏得要命，把她的眼睛都弄湿了。我告诉过你吗？你是我的英雄。我唱得很糟糕，贾丝明用胳膊戳了下我的肋骨。滚出去，你这个可恶的小浑蛋，她说。不过她却笑了。

我也笑了。

图书在版编目（CIP）数据

我的姐姐住在壁炉上 / （英）安娜贝尔·皮彻（Annabel Pitcher）著 ; 刘勇军译. -- 南京 : 江苏凤凰文艺出版社，2018.8

书名原文：MY SISTER LIVES ON THE MANTELPIECE

ISBN 978-7-5594-2604-8

Ⅰ. ①我… Ⅱ. ①安… ②刘… Ⅲ. ①长篇小说－英国－现代 Ⅳ. ①I561.45

中国版本图书馆CIP数据核字(2018)第171803号

著作权合同登记号：10-2018-038

书　　名　我的姐姐住在壁炉上
作　　者　（英）安娜贝尔·皮彻
译　　者　刘勇军
策划出品　九志天达
责任编辑　姚　丽
特约编辑　张　颖
责任监制　刘　巍　江伟明
出版发行　江苏凤凰文艺出版社
出版社地址　南京市中央路165号，邮编：210009
出版社网址　http://www.jswenyi.com
印　　刷　北京盛通印刷股份有限公司
开　　本　880毫米×1230毫米　1/32
字　　数　160千字
印　　张　8
版　　次　2018年8月第1版　2018年8月第1次印刷
标准书号　ISBN 978-7-5594-2604-8
定　　价　42.00元

江苏凤凰文艺版图书凡印制、装订错误可随时向承印厂调换